KB211889

취미가 우리를
구해줄 거야

취미가 우리를 구해줄 거야

1판 1쇄 인쇄 2023. 12. 22.
1판 1쇄 발행 2024. 01. 09.

지은이 방구석

발행인 고세규
편집 김은하 디자인 조은아 마케팅 김새로미 홍보 반재서
발행처 김영사
등록 1979년 5월 17일(제406-2003-036호)
주소 경기도 파주시 문발로 197(문발동) 우편번호 10881
전화 마케팅부 031)955-3100, 편집부 031)955-3200 | 팩스 031)955-3111

값은 뒤표지에 있습니다.
ISBN 978-89-349-6719-4 03810

홈페이지 www.gimmyoung.com   블로그 blog.naver.com/gybook
인스타그램 instagram.com/gimmyoung   이메일 bestbook@gimmyoung.com

좋은 독자가 좋은 책을 만듭니다.
김영사는 독자 여러분의 의견에 항상 귀 기울이고 있습니다.

글·그림
방구석

취미가 우리를 구해줄 거야

오늘도 재미를 찾아 누군다

김영사

만화 보는 순서

프롤로그

집으로 돌아오는 길.

취미라…

언제부터인가

…

어릴 때는 하고 싶은 것도 많고

핑계만 늘어가고

시간 없는데

돈도 없어.

꿈도 매번 바뀌고

축구 선수 말고

야구 선수 해야지.

취미도 취향도 없이

…

무엇보다 새로운 도전에 망설임이 없었는데

야구 하자!!

무색무취로 살아가고 있다.

흐르는 대로~

취미 趣味: 전문적으로 하는 것이 아니라 즐기기 위하여 하는 일.

취미라는 단어의 사전적 의미를 찾아보기 전에는 취미를 말할 때 묘한 부담감이 있었다. 남들보다 잘하거나 아니면 잘 알거나. 그런 특별한 무언가에만 취미라는 말을 붙여야 할 것 같았다. 하지만 사전을 찾아보고 깨달았다. '즐기기 위하여 하는 일'.

남들과 경쟁할 필요도 없고, 잘해야 한다는 부담감도 없다. 그저 내가 즐거우면 취미다. 이후 재밌어 보이는 것들을 망설임 없이 취미로 수집하고 있다. 하나둘 수집한 취미들이 지루했던 일상에 활력을 불어넣고 더 나아가 내 삶을 통째로 바꾸어놓았다.

어쩌면 그저 즐기기 위한 취미들이 우리를 구해줄지도 모른다.

패션 독서도
독서라구요

'책을 읽는 내 모습이 좋다.'
독서가 취미가 된 계기는 소설가가 만든
세상을 향유하고 싶어서도,
자기 계발을 위해서도 아니다.
그저 책 읽는 내 모습이 좋아서
책을 가까이하게 되었다.

#1 책을 읽는 이유

출근길 지하철.

평소와
다를 것 없는
풍경이

...

문득
고개를
들었는데

휙

그날따라
이질적으로
느껴진 건

?!

모든 사람이 고개를 숙이고

대각선 맞은편에 앉은
중년의 신사 때문이었다.

스마트폰으로
빨려 들어가고 있었다.

그의 손에는 책이 들려 있었다.

손가락마저 빠르게 움직이는
사람들 사이에서

흠…

느긋하게 종이를 넘기는 그의 손.

…

혼자만 다른 시간을 사는 듯했다.

지하철에서 책을
읽어야겠다.

오… 멋있다.

내일부터
읽어야지.

히히

이튿날

사놓고 안 읽은 책이 많네.

다음 날도

오늘은 기필코!

운 좋게 자리에도 앉았으니까

그다음 날도

한 정거장만 봐야지.

스마트폰 잠깐만 보고 책 읽어야지.

책은 가방에서 나오질 못했다.

정신을 차려보니 도착했다.

벌써 도착?!

책은 읽지도 않으면서 괜히 가방만 무거워졌네.

#2 책과 친해지기

책에 흥미를 붙이는 개인적인 방법은

누구한테 검사 맡는 것도 아닌데

그냥 읽고 싶은 책 읽어야겠다.

'읽고 싶은 책 읽기'다.

무슨 책을 읽을까나…

그림 에세이나 단편소설, 잡지 등

처음에는 유명 고전이나 필독서에 도전했는데

역시 있어 보이려면…!

가벼운 주제의 책들을 가볍게 읽는다.

눈에 들어오지 않는다.

왜 이렇게 집중이 안 되지…?

읽고 싶은 거 읽으면 되지.

독서에 흥미를 붙이는
또 다른 방법은

지하철에서
시간을 알차게
보내는
기분이군.

끝까지 읽어야 한다는
부담감을 버린다.

탁!

'빠른 포기'다.

STOP

다른 책
읽으면
되지.

새로 산 책이 마음에 들지 않거나

재밌어 보여서
샀는데…

그러다 나중에
다시 읽고 싶어지기도 한다.

아
맞다.

읽던 중에도
흥미가 떨어지면

뒤로 갈수록
조금 아쉽네.

독서 방식도
내 삶이랑
비슷하네.

#3 독서의 생활화

대중교통에서 틈틈이 책을 읽으니

항상 책을 들고 다니면서

독서용 가방도 삼

자연스럽게 평소 습관으로 이어진다.

작업 중

시간이 날 때면 책을 읽고

끄아아아

좀 쉬어야 겠다.

자기 전에도 읽는다.

오…

작업실에 독서 공간도 만들었다.

아까 읽던 책 마저 읽어야지.

빠르게 잠들 수 있다.

쨍-쨍

날씨가
좋네.

유럽 여행 때
공원에서
책 읽는 사람들
부러워했었는데

봄과 가을이 되면

이런 날에는
역시 나가줘야지.

후후…
유럽 스타일인가.

**책을 들고 근처
공원으로 간다.**

이것이
프리랜서~

백수인가 봐.

…

모든 게 빠르고 자극적인 온라인 세상에서
한 발짝 벗어나

어이쿠

책 속 활자를 따라 종이의 질감을 느끼다 보면

나만의 속도를 찾아가는 기분이다.

'있어 보이려고' 책을 읽는다. 정말 없어 보이는 말이지만 사실이다. 있어 보이려는 욕구는 독서뿐 아니라 언제나 나를 움직이는 가장 큰 원동력이었다. 어린 시절에는 부모님에게, 학창 시절에는 친구들에게, 좋아하는 이성에게, 회사 상사에게… 다행히도 있어 보이려는 노력은 나를 긍정적인 방향으로 이끌었다.

지하철에서 책을 읽자 지루했던 이동 시간이 즐거워졌고, 헤어 나올 수 없는 유튜브 알고리즘의 늪에서도 벗어날 수 있었다. 좋아하는 작가를 발견하고, 그의 세상을 탐험하고, 나도 이런 글을 쓰고 싶다고 다짐해 본다.

있어 보이는 척만 하는 건 별로지만 있어 보이기 위해 노력하다 보면 언젠가 진짜 '있는 사람'이 되지 않을까 하는 믿음으로 오늘도 책장을 넘긴다.

하루키처럼
달리기

무라카미 하루키는 40년 가까이
해마다 마라톤을 완주한다고 한다.
소설 쓰는 방법을 달리면서 배웠다고 할 정도라니…
나도 달리기를 하면
하루키 같은 글을 쓸 수 있지 않을까
하는 당돌한 생각으로 달리기 시작했다.

#1 영감을 찾아서

메마른 사막의 오아시스처럼

영감이라…

어딘가 미지의 세계에

영감…

무언가를 창작하는 작가가 된 후

…

창의력이 뿜어져 나오는

끊임없이 찾아 나서는 단어가 '영감'이다.

글이!!
그림이!!

안 나와!!

영감의 샘이 있을 것 같다.

아이디어가
떠오른다!

영감을 얻기 위해서

...

영감은 신기루처럼

오!!! 왔다!!

다양한 경험을 하고

... 영감은 어디에…

다가가면 잡히지 않는다.

누군가를 만나고

...

오늘은 영감을 찾아 시작했던

영감!!!!

여행도 떠나보지만

낯선 곳에 가면…

달리기에 관한 이야기를 해볼까 한다.

#2 하루키를 따라서

언제나처럼 지하철에서 시작되는 아침.

달리기…

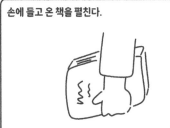

손에 들고 온 책을 펼친다.

달리기라…

좋아하는 작가인 무라카미 하루키의

무심코 결심했다.

그래 이거다!!

달리기에 관한 에세이.

달리기를 말할 때 내가 하고 싶은 이야기

나도 달리기를 해야겠다!

다음 날 아침, 집 근처를 흐르는 강.

망설임 없이 달리다가

체력은 자신 있지!

그 강을 따라 끝없이 늘어선 트랙에 섰다.

깨달았다.

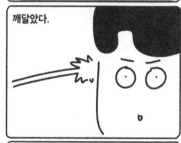

하루키처럼 꾸준히 달리면

지난 몇 년간 책상에만 앉아 있었던 몸뚱이는

영감이 샘솟는 원천을 발견하겠지.

달릴 준비가 되어 있지 않다는 사실을.

2

하지만 다음 날 아침에도

그다음 날 아침에도 트랙에 섰다.

아침에 달리는 이유는

부지런하다고 스스로
우쭐댈 수 있기 때문이다.

후후
아침형
인간!

몇 달을 꾸준히 달리자

호흡이 조금씩 안정되고

열심히 뛰네.

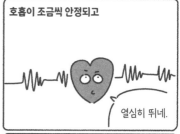

거리도 조금씩
늘어난다.

그래도 힘들긴
마찬가지네.

러닝화 새로
사야겠다.

달리기가 익숙해질 무렵

달릴 때 드는 생각은

놀라운 사실을 깨달았다.

달리기 재밌네.

힘들다

달리기와 영감은

그만 뛸까

아무 상관이 없다는 것을.

대답해 하루키!!

힘들다.
힘들다.
힘들다.

아오, 힘들어.

죽겠다.
죽겠다.
죽겠다.

영감이 떠오르기는커녕

도착!!

거친 숨소리만 가득하다.

이게 뭐야.

머릿속에 있던
작은 영감들마저

그러다 힘들다는 생각이 사라지면

힘들다는 생각이

힘들어
죽겠는데!

머리가 말끔히 비워진다.

남김없이 쫓아낸다.

이것도
나쁘지 않군.

영감이라는 허상을 좇다가

사실 영감이라는 건

없는 게 아닐까?

흐르는 땀은 묘한 성취감을 준다.

달리기가 취미가 되었다.

몸은 힘들지만 입은 웃고 있다.

심장은 거침없이 뛰면서

바운스!!!

즐겁다는 것만으로도

온몸에 활력을 불어넣고

힘들어…

달릴 이유는 충분하다.

헤헤 재밌다.

#3 재미가 필요해

매일 아침 같은 풍경을 보며

기록에만 집착하게 된다.

같은 코스를 뛰다 보니

몇 달째 늘지를 않네.

점점 지루해진다.

기록에 신경 쓸수록

새로운 게 없으니

흥미가 급격히 떨어졌다.

재밌으려고 하는
달리기인데

왜 이렇게
기록에
집착하지?

이런 생각이 들 때쯤

...

강변 달리기를 그만두었다.

재밌어야
취미지.

#4 나에게 맞는 방법

달리기를 그만둔 건 아니다.

재밌게 달릴 방법 없나?

이튿날 아침, 강변이 아닌

트레일 러닝

트레일 러닝?

동네 야산에 섰다.

등산로

산이나 언덕을 달리는 운동이라…

거침없이 뛰어 올라간다.

후하!!

재밌겠는데?

와… 산은 몇 배 더 힘드네.

정상을 찍고 내려갈 때는

야~호~

자연이라 볼 것도 많고

둘레길을 따라서

다양한 근육을 사용하니까

울퉁불퉁하고 불규칙한 길을

흙길이다가 돌길이다가 하네.

지루할 틈이 없네.

날다람쥐처럼 달린다.

나에게 맞는 달리기를 찾아간다.

재밌다!

#5 시티런

이후에는
아침 수영을 시작하고

아침에는
수영이
더 잘 맞네.

높은 빌딩이 어우러진

달리기는 저녁으로 옮겼다.

아오…
뻐근해.

종로를 달릴 때면

일부러
돌아가기도
한다.

작업실 근처를 달린다.

일명
시티런!

과거와 현재를 함께
달리는 기분.

양반은
뛰지 않는
법인데…

창경궁 돌담길부터

달리기는
언제
어디서든

할 수
있어서
좋군.

기록을 신경 쓰지 않고 내 방식대로 달리자

재밌게 달리자!

오히려 기록이 단축되었다.

죽자고 뛸 때보다 좋아졌네.

역시 즐기는 자를 이길 수 없는 건가.

이러다 대회 나가겠는데…

#6 달리기를 말할 때

아침 수영이

책상에서 굳어버린 몸을 풀고

몸을 깨우는 운동이라면

뒤죽박죽
제멋대로
엉킨 생각을

저녁 달리기는

거친 호흡과 함께
날려 보낸다.

하루를 정리하는 운동이다.

저녁에
달리니

몸도 마음도
개운하군.

영감을 좇아 달리기 시작한 지 어느덧 3년이 넘었다. 남들처럼 기록을 재고 대회를 나가는 대신, 산과 도시를 원하는 속도로 즐기듯 달렸다.

그러다 얼마 전 우연한 기회로 로드레이스 10킬로미터 대회에 출전했다. 한 번에 그렇게 긴 거리를 뛰어본 적은 없어서 과연 완주할 수 있을까 걱정하며 출발선에 섰다. 매번 혼자 달리다가 수천 명과 함께 뛰려니 가슴이 두근거렸다.

경쾌한 출발 신호와 함께 출발했다. 산과 도시에서 단련된 심장은 일정한 속도로 뛰었다. 호흡은 거칠어졌지만 다리는 멈출 줄 몰랐다. 20분을 넘기자 힘들다는 생각도 옅어지고 웃음이 나왔다.

최종 기록 42분 53초. 약 1만 명 중 121등. 기록에 집착하며 강변을 달릴 때보다 킬로미터당 페이스가 1분 이상 단축되었다. 역시 즐기는 자를 이길 수는 없나 보다.

이 대회를 계기로 다시 기록에 대한 흥미가 생겼고, 내년에는 풀마라톤을 완주하겠다는 목표를 세웠다. 물론 42.195킬로미터의 끝에는 영감의 샘이 있지 않을까 하는 기대도 빼놓을 수 없다.

매일 여행을
떠날 수 없다면

'여행은 살아보는 거야.'
한 공유 숙박 서비스 업체의 광고 문구다.
살아보는 것이라…
여행이 어딘가에 살아보는 거라면
어딘가에 살고 있는 지금도
여행이 될 수 있지 않을까?

#I 지도 그리기

해외여행을 가면

일상으로 돌아와
여행을 그리워하는데

아…
여행 가고
싶다.

그곳에 사는 현지인을

와…
이렇게
멋진 곳에
살면

서울에도 외국인 관광객이 많이 보인다.

부러워한다.

얼마나
좋을까?

생각해 보니
서울도
누군가에게는

매일이
행복하겠다.

설레는
여행지겠구나.

내가 사는 이곳을 여행하듯 살면

이때부터
시작된 취미가

일상을
여행처럼

일상도 여행이 되지 않을까?

?

서울을
여행 중이다.

지도 그리기다.

'여행하듯
산다'라…

종이 위에 그리는 지도는 아니고

재밌겠는데.

머릿속에 그리는 나만의 지도다.

방법은 간단하다.

가로수와 식물들까지

작업실 가는 길에

새로운 길을 탐닉한다.

엉뚱한 방향으로 돌아간다.

낯선 건물과 상점들,

지도의 한 부분이 추가된다.

새로운 길로 조금만 돌아가면

저쪽에는 뭐가 있을까…?

멋진 장소나

너무나 익숙해져

아름다운 풍경을 발견할 때면

오…

무의식적으로 걷던 동네가

…

일상이

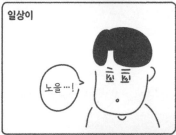

노을…!

새롭게 느껴진다.

저기는 뭐 하는 곳이지?

공방인가?

여행이 된다.

아름답다!

#2 지도 넓히기

지도를 넓히기 위해서

보물처럼 숨겨진

이런 곳에 카페가...

시간이 날 때면

서울 구경 가야지~

취향에 맞는 공간들을

독립서점이네.

서울 구석구석을

머릿속 지도 위에

빵...

BAKERY

이리저리 돌아다닌다.

여행한다는 마음으로!

가까운 곳도

하나둘 새겨간다.

이게 여행이지.

일상을 여행으로 만드는 또 다른 방법은

서울의 공공자전거 따릉이.

웬만한 거리는 대중교통이 아니라

따릉이로 이동한다.

대중교통에 실려 가는 게 아니라

페달을 밟는 속도에 맞춰

도시 속 풍경을 온몸으로 느끼면

지도는 더욱 촘촘하고 선명해진다.

#3 지도 활용하기

열심히 그린 지도를

이런 데는 어떻게 알았어?

사용하는 순간이 있다.

이걸 써먹을 때군.

후후 뭐 그냥…

여자친구와 데이트할 때

어디 가는 거야?

멋진 데가 있어.

누구랑 왔었냐?

머릿속 지도에 기억해 둔 장소에 함께 간다.

여기서 보는 노을이 예쁘더라고.

진짜 예쁘네.

호… 혼자요!!

누구랑!!

#4 여행을 일상처럼

이제는 해외여행을 할 때도

때로는 자전거를 빌려

공유 자전거를 빌려서

지도를 그리듯이 여행한다.

일상을 여행처럼,

여행은 일상처럼.

골목 구석구석을 누비며

오…

와…

누군가가 정해준 길이 아니라

가이드북

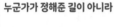

시선이 닿는 모든 것을 눈에 담고

낯선 것들 천지네.

발이 닿는 방향으로 무작정 걷는다.

저쪽으로 가볼까?

머리로는 열심히 지도를 그린다.

지도 업데이트!!

관광객이 많이 가지 않는 방향으로 가면

현지인들로 북적이는 음식점과 카페.

도시의 민낯을 마주한다.

한 블럭 차이인데

다른 도시 같네.

역시 현지인이 많은 곳이

진정한 맛집이군.

우리와 비슷한 일상을 살아가는 사람들,

나만의 지도가 촘촘해질수록

각종 그라피티와 거리의 동물들,

여행이 풍성해진다.

전 세계 지도를 채워야지!

키우고
있습니다

"다들 요즘 취미가 뭐야?"
지인들과의 술자리에서 누군가가 물었다.
머릿속을 스치는 여러 가지 중
요즘 가장 관심 있는 녀석을 입 밖으로 내뱉는다.
"식물."
예상치 못한 답변에
모두의 이목이 집중된다.

#1 플랜테리어

프리랜서가 된 후

하고 싶은 거 다 하면서 자유롭게 살아야지!

하지만 서울 월세의 무서움을 깨닫고

이… 이렇게 비싸?

카페, 공유 오피스 등을 전전하다가

전혀 프리하지 않네…

구석진 곳에 작업실을 구했다.

전설이 시작될 곳인가…

결심했다.

언제까지 이렇게

떠돌아 다닐 수는 없다!

휑~

모름지기 작가라면 작업실이 있어야 하는 법!

영감이 넘치는 공간으로 꾸며보겠어!

유행하는 인테리어를 해보지만

책상은 바우하우스

조명은 멤피스 스타일로!

오, 마티스…

호크니도 멋있네.

마음에 들지 않는다.

뭔가 부족한데…

그리고 깨달았다.

그래 이거다!!

그래, 이럴 때는 역시

모든 예술적인 공간에는 식물이 있다.

다른 작가들의 작업실을 염탐해야지.

식물만 있으면 내 작업실도

예술가 느낌이 나겠지?

헤헤

#2 첫 식물 몬스테라

바로 식물 쇼핑에 나섰다.

온라인으로 사면 되는 건가?

다음 날 문 앞에 택배가 도착했다.

거대하면서 키우기 쉽고

역시 클수록 멋있지.

이제 내 작업실도

예술혼이 넘치겠군!

앙리 마티스도 사랑했다는

작업실 식물을 그리겠소.

…?

대형 몬스테라!

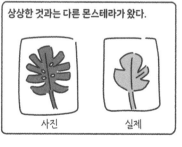

상상한 것과는 다른 몬스테라가 왔다.

사진 실제

몬스테라

주의: 상품별로 수형이
다를 수 있습니다.

칙칙한 작업실에
초록빛이 돌자

너무
다른데요…?

자꾸 보게 된다.

잘 있었니?

잎도 작고
모… 못생겼어.

공기도
좋아지는 것
같은데

이게
피톤치드
인가?

그래도 작업실 가운데 놓았다.

그래, 내가
멋있게
키우면
되지.

2

몇 주간

식물을 정성스럽게 돌봤는데

바람도 쐬렴.

변화가 없다.

죽은 건가…?

그리고 빠르게 흥미를 잃었다.

식물 재미없네.

…

#3 꿈틀거림

구석에서 잊혀가는 불쌍한 몬스테라.

살아 있다…!!

아 맞다!
물 줘야지.

너무나 당연한
사실이지만

살아 있어!!

어느 날 문득 몬스테라를 자세히 봤는데

죽은 거
아니겠지?

몬스테라의 꿈틀거림은

천천히
자라고
있습니다.

새잎이 나고 있다!

식물을 생명으로 보게 했다.

너를 그저
인테리어 소품
취급하다니…

나의 첫 식물, 반드시 살리겠어!

물을 주는 방법부터

매일 아침 새잎을 관찰한다.

괜찮나?

햇별, 바람, 영양제 등

유튜브나 블로그를 찾아보고

식물 키우는 사람들이 많네.

식물에 대해 알아간다.

식물은 과학입니다.

식물 관련 책도 읽어본다.

몬스테라도 종류가 엄청 많군.

잘 자라렴, 몬스테라야.

마침내 몬스테라의
새잎이 활짝 폈을 때

여태 느껴본 적 없는
탄생의 기쁨과

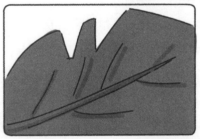

뿌듯함과 책임감이
밀려왔다.

셀렘, 아이비, 홍콩야자,

작업실이 식물로 가득하다.

유칼립투스, 알리 고무나무, 황칠나무,

화분이
너무
많아졌네.

아랄리아, 아단소니, 선인장 등등

진짜 진짜
마지막으로

올리브
나무만
들여야지.

정신을 차리고 보니

아니?!!

작업실이 식물원이
되어간다.

2층은
화분 장사
하나?

← 1층 세탁소 사장님

#4 식물이 죽는 이유

식물이 취미가 되면

또 늘었군.

식물을 보며
멍 때리고

그저 바라보기만 해도

잘 자라고
있나…

자연에 온
기분이군.

옆에서
책도 읽는다.

기분이 좋아진다.

헤헤

괜스레 흙도 만져보고

시도 때도 없이 관찰하고

조금 더
자란 것
같네.

흙이
말랐어?!

물을 듬뿍 준다.

재빨리 화장실로 데려가서

이렇게 사랑과 정성으로 키우다 보면

잎에 물 샤워를 시켜주고

식물은

바닥으로 물이 충분히 빠질 때까지

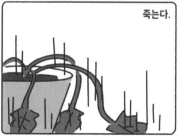

죽는다.

어째서…

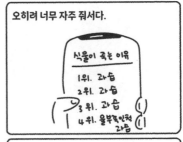

오히려 너무 자주 줘서다.

식물이 죽는 이유

1위. 과습
2위. 과습
3위. 과습
4위. 물부족인척
    과습

물도
꼬박꼬박
줬는데!!

과습이라고?

식물이 죽는 가장 큰 이유는

· · ·

분명 흙이
말라서 줬는…

물 주는 걸 까먹어서가 아니라

??
속은 아직
축축하네??

식물의 종류,
환경에 따라 다르지만

아…
물 주고 싶다.

대부분 속흙까지
적당히 말랐을 때

나무젓가락을
꽂아보면
알 수 있다.

잎이
좀 처진 것
같은데.

물을 줘야 하는데

흙이
묻어 나오지
않네.

물 줄 때 됐나…

…

식물을
자꾸 관찰하면

빤-히

자꾸 물을 주게 된다.

무럭무럭
자라렴.

어쩌면 식물을 키울 때

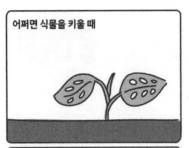

적당한 빛과 바람

가장 중요한 건

적당한 양분

적당한 무관심이다.

적당한 거리야말로

적당한 물과

식물에게는 최고의 영양제다.

알아서
크겠지.

무한한 애정과 끊임없는 관심은

때로는 독이다.

적당한
거리라…

인간관계랑
비슷하네.

#5 새로운 도구

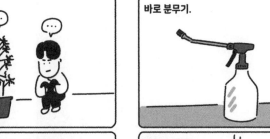

바로 분무기.

물론 적당한 거리는 쉽지 않다.

쳐다만 보는 게 무슨 취미인가…

식물의 뿌리는 건조한 게 좋지만

뭔가 즐길 방법 없나?

잎은 습하게 키워야 좋다고 한다.

그때 발견한 것이

오… 이런 방법이.

분무기로 잎에만 물을 주면 되겠다.

마음에 쏙 드는 분무기를 찾아서

역시 취미는 장비발이지.

시간이 날 때마다 잎에 분무를 해준다.

해외 직구로 구매했다.

식물에게 필요하고

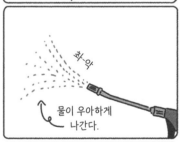

촤-악

물이 우아하게 나간다.

나에게도 즐거운 관심의 표현.

헤헤 재밌다.

ㅈㅈㅈ

식물이 취미가 되어간다.

양재 꽃시장에서 잎이 풍성한 대형 아랄리아를 힘겹게 작업실로 데려왔다. 톱니바퀴 같은 잎이 특이해서 시간이 날 때마다 관찰했는데, 어느 순간 잎끝이 검게 타들어 갔다.

햇볕도 잘 쬐고, 환기도 잘 시켜주고, 무엇보다 물도 꼬박꼬박 줬는데, 잎이 마르다니. 놀란 마음에 화장실로 달려가 잎부터 뿌리까지 물을 듬뿍 주었다.

다음 날 검게 탄 잎들이 우수수 떨어져 있었다. 도저히 이유를 알 수 없었고, 아랄리아의 잎은 계속 떨어져만 갔다. 반쯤 포기하는 마음으로 그 화분을 방치했다. 풍성했던 잎이 네다섯 가닥 정도 남고 나서야 잎 마름이 멈췄다.

그제야 원인을 깨달았다. 첫 번째 이유는 식물에 비해 너무 큰 화분이었고, 두 번째 이유는 그 큰 화분에 마를 일 없이 준 물이 불러온 과습이었다.

물 주기는 식물에게 필요한 애정이 아니라 나에게만 즐거운 과도한 애정이었다. 그때부터 식물의 흙 속까지 살피며 식물에게 필요한 만큼만의 애정을 주려고 노력한다. 그 후에는 나의 즐거움을 위해 분무기를 샀다. 매일 분무기를 잡으며 다짐한다.

'뿌리는 건조하게, 잎은 습하게.'

#6 식물의 모양

이 식물은 뭐지?

특이하게 생겼네.

같은 종류의 식물이라도

흐음…

CAPA...

레몬 유칼립투스?

레몬 유칼립투스.

수형에 따라서

…

레몬 유칼립투스라…

전혀 다른 느낌이다.

같은 식물이라고…?

이미 키우고 있는 거잖아?

휙

아니, 아예 다른 식물 같다.

잎을 보니 비슷하긴 한데…

인터넷에서 본 식물들은

종류가
진짜 많네.

책을 찾아본다.

오호라.

수려하고 감성적인데

가지치기를
통해서

내 화분들은 무성하게 자라기만 했다.

식물의 모양을
잡을 수 있군.

나도
멋지게
키우고 싶다!

그래
이거다!

원예용 가위를 샀다.

자… 잘라도 되나?

후후

정원사가 된 것 같군.

죽는 거 아니야…?

과감하게 잘라버리겠어.

어찌저찌 첫 가지치기가 끝났다.

하지만 막상 자르려니

훨씬 깔끔해졌군.

가지치기로 수형을 관리하는 일은

몇 번의 실패를 겪다 보면

…

망했어! 잘못 자른 것 같아!

식물 기르기라는 취미에서

단순히 미용 목적이 아니군.

가위질이 두렵지 않다.

많이 자라셨네요~

정말 중요한 과제이자

환경에 맞춰

더 건강하게!

잎을 정리하는 것만으로도

빼놓을 수 없는 재미다.

미용하는 것 같네.

전혀 다른 느낌이 된다.

식물의 헤어스타일 같은 건가.

식물을 위로 크게 키우고 싶다면	반대로 풍성하게 키우고 싶다면
 얘는 크게 키워볼까?	 잎을 풍성하게 해볼까?
끝에 생장점을 놔둔 채	생장점을 과감히 자른다.
 생장점	툭! 
잔가지들을 정리해서	잘린 생장점 아래 양쪽으로 새순이 나오고

성장에 집중하도록 해준다.	새순이 자라면 끝을 다시 자른다.
 양분　　양분	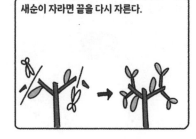

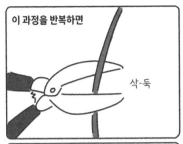

이 과정을 반복하면

삭-둑

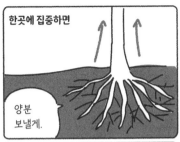

한곳에 집중하면

양분 보낼게.

풍성한 수형을 얻을 수 있다.

더 크게, 멀리 뻗어 가고

양분

양분

위로 가자.

오… 신기하네.

다양한 길로 뻗어 가면

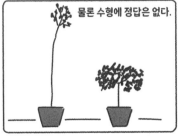

물론 수형에 정답은 없다.

작지만 풍성함을 얻을 수 있다.

마치 나를 보는 것 같네.

누군가는 하나의 취미에 몰두해서

ONE WAY

식물의 모양과 마찬가지로

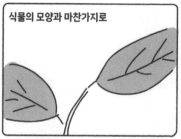

전문가 수준에 이르지만

오…

와!

정답은 없다.

다양한 취미를 통해서

하고 싶은 게 많은데.

스스로 원하고

말 그대로 취미니까.

삶을 풍성하게 만드는 사람도 있다.

특출 나게 잘하는 건 없지만…

즐거운 방향으로 가면 된다.

헤헤 재밌다.

물론 식물의 모양은

여리여리하게 키워야겠다.

계획과는 전혀 다른 모습이 된다.

생각대로 되지 않는다.

끝부분이 죽었다.

이것마저 나랑 닮았네.

왜 이쪽으로 자라지?

여기서 잎이?

그래, 계획대로만 자라면 그게 식물이냐, 조화지.

계절이 지나 식물이 커지면

잘 자라렴.

길게 늘어진 모습도 매력 있군.

#7 식물을 기른다는 건

식물이 있는 목가적인 작업실.

창문 근처로 옮긴다.

창가에만 해가 들어오기 때문

매일 아침 이곳에 오면

이리 오너라~

하나, 둘, 셋, 넷,

식물들에게 인사를 하고

밤새 별일 없었니?

…열다섯, 열여섯

화분을 하나씩

아침에 식물을 옮기는 게 취미다.

아침 10시.

오후 5시.

후후 완벽하군.

햇볕 받고 쑥쑥 크렴.

다시 옮긴다.

낮 1시.

하루 종일 식물을 옮기는 게

해는 봐야 하니깐…

옆으로 옮긴다.

해가 이쪽으로 들어오네.

취미다.

이거 취미 맞나…?

창가에 옹기종기 모인 화분들.

베란다에 식물을 가득 키우는

그 모습을 보고 있으니

언제 저렇게 많아졌지…?

엄마의 마음을 이해하게 되었다.

왜 베란다에만 둬?

저기가 잘 커.

인테리어로 시작한 식물 키우기인데

처음 상상했던 모습

그래도 누군가 작업실에 온다고 하면

비상이다!

비상!!

오히려 인테리어를 망치는 기분이다.

저쪽만 정글이네…

적절히 배치해 멋짐을 뽐낸다.

#8 보이지 않는 것

화분이 많아지면서

얘도 작업실에 데려갈까?

그런데 놀랍게도 작업실에 온 친구들은

와, 모니터 샀어?

존재감을 자랑하는 대형 식물이나

식물의 존재를 눈치채지 못한다.

왜 식물 얘기는 안 하지?

수형이 특이한 식물도 여럿 생겼다.

너무 띄엄띄엄 됐나?

저렇게 큰데 못 봐?

마치 숲속에 온 듯한

자연 친화적 작업실!!

이 게임기 해봐도 돼?

인간은
보고 싶은 것만
보는군.

집에 가는 길.

아직
부족한가…

조금 더 큰
나무를
들일까?

와, 술도 많네.
이따 위스키 먹자.

맞네…

이런저런 생각을 하며

화분을
바꿔야 하나?

그러다 나중에야 발견한다.

어?
식물 키우는
거야?

길을 걷다가

?

…

어라?

어느 날 집으로 돌아가는 길,
어릴 적부터 수없이 걸었던 뚝방길이
전혀 다르게 보였다.
여러 방향으로 휘어진 나무의 몸통과
무수히 뻗어 나가는 가지들.
바람에 휘날리는 잎 하나하나까지
예전과 다르게 몹시 선명히 보여서
마치 다른 세상에 떨어진 것 같았다.

식물을 키우기
전에는

나무가
저렇게
생겼었나?

인식하지 못하고
지나치거나

가지가 뻗은 방향이
모두 다르고

그저 한 덩어리로 보이던 나무들이

잎의 모양도 제각각이다.

조금 더 선명하게 보인다.

같은 나무는
하나도 없다.

전부
다르구나.

나무는 직선인 줄 알았는데

그때는 별생각 없었는데 진짜네.

제멋대로 곡선이네.

화단 식물들도 다 모양이 다르고.

바르셀로나에서 봤던 가우디의 건축물이 떠오른다.

관심을 갖는 만큼

직선은 인간의 선이고 곡선은 신의 선이다. -가우디

보이는구나.

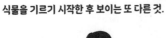
식물을 기르기 시작한 후 보이는 또 다른 것.

작업실 아래층 세탁소 사장님도

XX 크리닝

골목 구석구석

그 앞의 철물점, 분식집 사장님도

○○ 철물

△△ 분식

무심하게 놓인 화분들.

식물을 키우고 있었다.

다들 식물에 진심이네.

귀엽다.

이렇게 많은데 여태 몰랐네.

거리의 화분들을 구경하는 취미도 생겼다.

와, 몬스테라 엄청 크네.

꽃 종류가 많구만.

취미가 생긴다는 건

관심사가 는다는 것이고

식물을 키워봐야지.

관심을 가지면

잎이 이렇게 나는구나.

그 분야가 더욱 선명히 보인다.

취미가 많아질수록

짜잔!

취미

세상은 더욱 선명해지고

저런 게 있었네.

볼거리로 풍성해진다.

재밌는 거 없나~

취미로 나의 세상을 다채롭게 칠하고 있다.

히히 재밌다.

#10 성장과 환경

처음 식물에 빠졌을 때

누구를 데려갈까?

물과 빛도 신경 쓰고

반음지 식물이군.

뾰족한 모양의 잎에 반해서 데려온

환기도 잘 되는 최상의 자리에 뒀는데

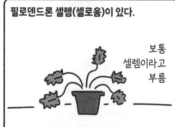

필로덴드론 셀렘(셀로움)이 있다.

보통 셀렘이라고 부름

몇 년이 지나도

음…

아끼는 식물이라서

자유롭게 자라는 모습도 귀엽군.

변화가 거의 없다.

왜 자라지 않니!!

나도 셀렘 키우는데

다른 사람들의 셀렘은

게다가 작업실의 다른 식물들은

너무 빨리 자라서 감당이 안 되더라.

거침없이 자라고 있기에

가지치기 해줘야 겠네.

셀렘이 잘 자란다고?

고민은 깊어만 갔다.

테이블야자도 ← 안 자란다.

영양제도 챙겨주는데

내 셀렘만 안 자라네.

설마 죽은 건 아니겠지?

뭐가 문제지?

그러던 어느 날

정글 같은 열대관.

서울식물원으로 나들이를 갔다.

식물원은
오랜만이네.

서울식물원

몬스테라, 셀렘, 각종 야자…

축구장만 한 거대한 온실은

다 아는
식물들이네.

내가 식물을
구별하게
되다니.

두 공간으로 나뉘어 있다.

⇐ 열대관

지중해관 ⇒

오…

와…
잎이
사람만
하네.

식물들의 크기에 놀라던 중

셀렘이 이렇게 크다니…

바로 옆 지중해관은

지중해관

옆으로 피신해야겠다.

땀이 흐른다.

!

온화하고 따사로운 햇살이 비친다.

여긴 건조하네.

엄청 덥고 습하네.

극단적으로 다른 환경을 경험하고

온도나 습도에 대해서는

별로 생각해 본 적이 없었는데

이 정도 온도와 습도는 되어야

열대식물이 잘 자라는 건가…?

깨달았다.

그래! 환경이 중요하군.

작업실에 돌아와서

셀렘은
잘 있나~

며칠 뒤

뒷베란다 문

너무 덥고 습해서 창고로 사용 중인

여기가
딱이군.

뒷베란다로 셀렘을 옮겼다.

잎이 한 번에
세 개나 나다니!!

빛은
잘 안
드는데
괜찮으
려나?

**다시
며칠 뒤**

잎이
계속 나네!

몇 년 동안 자라지 않던 셀렘은

테이블야자도 자리를 옮겨줬더니

설마 얘도?

이 온도와 습도…

오늘만을 기다렸다는 듯이

지금 이다!

새잎을 뿜어낸다.

폭발적으로 잎을 틔워낸다.

장소 좀 바뀌었다고

이… 이제 좀 무서운데…

이렇게 잘 자라다니…

그동안 빛과 바람

양지, 반양지, 음지…

누군가는 이곳에서 폭풍 성장하지만

그리고 물 주기만 신경 쓰고

쑥쑥 크렴.

누군가는 전혀 자라지 못한다.

죽기도 일쑤다.

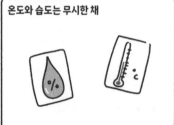

온도와 습도는 무시한 채

햇빛과 물만 공급하면 알아서 적응할 줄 알았는데

모두 같은 공간에 뒀다.

알아서 적응하겠지?

알맞은 환경을 찾아주는 게 중요하구나.

아무리 좋은 비료로 분갈이를 해주고

최상급 영양제를 꽂아줘도

맞지 않는 환경에서는

성장하지 않는다.

맞지 않는 환경에서는

하다 보면 어떻게든 되겠지.

← 공대생 시절의 나

성장하지 않는다.

...

식물도

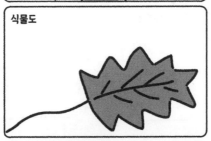

그리고 사람도.

식물을 키우기 전에는 온도와 습도에 대해 생각해 본 적이 없다. 그나마 온도는 날씨를 검색할 때 확인했지만, 그마저도 '오늘 춥네', '다음 주는 덥네' 정도의 무딘 감각으로 살아왔다. 식물을 키우고 나서야 온습도계를 사서 작업실의 잘 보이는 곳에 두었다. 18.9도, 21.4도, 24.8도.

온도와 습도의 미세한 변화를 눈으로 확인하니 그 차이가 피부로 느껴진다. 공기의 느낌도 다르고 숨을 들이마실 때의 촉감도 다르다. 온습도에 따라 기분이나 몸의 컨디션도 미세하게 달라진다. 작업할 때의 집중도도 차이가 난다. 주위 환경에 민감해진 것이다.

식물을 잘 키우기 위해 공부하고 노력했으면서, 나에게는 너무 무관심했구나. 식물을 관리하기 위해 구매한 온습도계인데 오히려 나를 돌아보게 되었다.

공간에 햇볕을 들이고, 자주 환기를 시키고, 가습기를 틀고, 온도를 맞추고. 이런 노력들은 식물뿐 아니라 나에게도 이로운 관리였다. 식물을 키우면서 스스로도 함께 돌보고 있다.

#11 고난과 역경

식물을 키운다고 하면

끊임없이 물을 주고

초록빛 자연에서 여유롭게

바람과 햇빛을 신경 쓰고
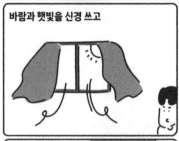

힐링하는 모습을 떠올리지만

온도와 습도도 챙겨야 한다.

실상은 힐링과 거리가 멀다.

무엇보다

포기하려 했지만

그래, 그냥 같이 살자.

벌레에 무감함 →

식물에게 해롭다고 한다.

유충이 뿌리를 갉아 먹음

이 방법까지는

쓰고 싶지 않았는데…

농약을 샀다.

농약

농약까지 쓰게 되다니

물에 희석해 사용한다.

작은뿌리파리가 한순간에 자취를 감춘다.

역시 농약이

효과가 확실하군.

얼마 뒤 응애가 생겼다.

잎 뒷면에 잘 생긴다.

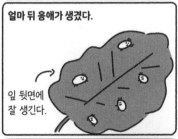

이런 ㅆ

온갖 방법을 동원해

전쟁이다!

벌레와의 전쟁에서 승리하면

해… 해치웠나?

평화가 찾아올 것 같지만

이겼다!!

변덕스러운 식물은

어느 날 잎을 모두 떨군다.

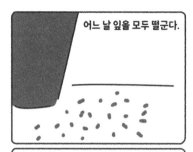

감히 이유는 알 수 없다.

갑자기?? 어제까지 잘 자랐는데??

아무리 생각해도

식물은 힐링과는 거리가 멀다.

아끼던 식물인데…

식물을 키우며 경험하는

벌써 분갈이 시즌이네.

수많은 고난과 역경은

역설적으로

그들을 향한 애정을 더 키운다.

새잎이 났네!

잎을 모두 떨궜던 마오리 소포라는

죽은 건가…

새잎을 내는 황칠나무의 사진을 찍고

잎이 귀엽게 나네.

어느 날 새잎을 뿜어내고

살았다, 살았어!!

옹기종기 모여 겨울을 버틴 아이들을 기록한다.

고생했다, 얘들아.

수북이 뿌리를 내린 아단소니를 분갈이하며

뿌리가 아주 꽉 찼네.

고난과 역경 후 찾아오는 소소한 행복을 느끼며

뿌듯함을 느낀다.

헤헤

식물을 키우고 있다.

귀찮음 속에서
찾아낸 재미

만나는 사람들 모두에게
관심을 받고 싶다면
둘 중 하나를 하면 된다.
머리를 기르거나 수염을 기르거나.
둘 다 기르는 데는 취미가 없어서
깎는 이야기를 해볼까 한다.

#1 매일 아침

사춘기가 시작되고

키가
또 컸네.

지잉 지잉

입 주위에
거뭇하게
수염이 난 후

지이이이잉

매일 아침 반복하는
행위가 있다.

1분도 채 안 되는 시간.

면. 도.

아오
귀찮아…

오늘은 별로 안 긴 것 같은데…

설마 수염 기르냐?

면도 안 해도 되겠다.

오늘 바쁜 일 있었어?

엄마

아들~

요즘 많이 힘드니?

면도 좀 해야겠다.

하루 종일 수염 이야기를 듣는다.

그놈의 면도…

#2 수염이란

평생을 귀찮아하던

아예 제모를 할까?

사람 구경이지.

후후

면도에 대한 생각이 바뀐 건

몇 년 전 포르투 여행에서다.

포르투 3주 살기!

유럽 남자들은 머리카락은 없어도 수염은 다 있네.

여행의 또 다른 재미는

나도 수염을 길러볼까…?

여행 막바지에 찾은

역시 마무리는 기념품이지.

세이빙 소프…?

면도 비누인가.

고풍스러운 분위기의 소품숍.

오 느낌이 온다.

그 옆에는 세이빙 브러시.

내 눈을 사로잡은 건

저건?!

그리고 각종 면도 용품들.

멋진 수염의 신사가 그려진 세이빙 소프.

역시 서양은 면도에 진심이군.

#3 재미를 찾아서

한국으로 돌아왔다.

이것저것 많이도 사 왔네.

이튿날.

아오… 시차.

트렁크 깊숙한 곳에서 꺼낸 셰이빙 소프와 브러시.

포장지 벗기니까 그냥 비누네.

어떻게 쓰는 거지?

전기면도기도 귀찮아 죽겠는데 왜 이런 걸 사 왔지!!

슥-슥   슥-슥

내일 써봐야겠다.

슥-슥

오…

다음 날도

슥-슥

재밌는데?

그다음 날도

슥슥

집에 있던
일회용 면도기

슥-삭

귀찮기만 했던 면도가

지잉

더 깔끔해진
듯한 건

기분
탓인가?

재밌어진다.

면도기도
새로 삼

날 면도기
진짜
오랜만에
사네.

'피할 수 없으면 즐겨라.'

진부하기 그지없는 말이지만, 원래 진리는 진부한 법이니까. 내게는 피할 수 없어 즐기는 일이 두 가지 있는데, 그중 하나가 면도다. 매일 아침 거울 앞에서 반복하는 그 짧은 행위가 그렇게 귀찮을 수 없다.

귀찮음을 피하기 위해 더 비싸고 성능 좋은 면도기로 바꿔보지만, 시간이 단축된다고 귀찮음이 사라지지는 않는다. 면도의 귀찮음을 즐거움으로 바꿔준 건 유럽에서 사 온 단돈 몇 유로짜리 셰이빙 브러시였다.

셰이빙 브러시를 뜨거운 물에 적신 후, 셰이빙 소프에 비벼서 거품을 낸다. 턱과 입 주위에 거품을 잔뜩 묻힌다. 날 면도기로 풍성한 거품을 걷어내면 자연스럽게 수염이 밀린다. 부끄러운 이야기지만 이 과정에서 영화 속 멋진 장면을 상상하면 재미가 두 배가 된다.

참고로 피할 수 없어 즐기는 다른 하나는 설거지다. 설거지의 귀찮음을 피하는 방법은 다음 기회에…

편리함이 행복을 대변하지 않고

불편함이 불행만을 의미하지 않는다.

때로는 불편 속에서 찾은 재미가

매일 아침의 시작을 귀찮음에서 설렘으로 바꿔준다.

#4 내가 즐거운 만큼만

면도에 관심을 가지니

깎는 재미가 있네.

...

'클래식 면도'의 세계가 보였다.

정말 취미의 세계는 다양하군.

바버숍에 다니는 친구에게 물어봤더니

면도?

너는 면도 어떻게 해?

친구의 도움으로

또 궁금한 거 있으면 물어봐.

괘… 괜찮아.

면도기로만 몇 시간을 떠든다.

역시 면도는 클래식 면도지. 양날 면도기라는 게 있는데…

클래식 면도기도 산다.

클래식 면도라, 재밌겠는데.

다소 위험한 면도기라 피를 보고

굳이 남들 하는 대로

거품 내고 바르는 게 재밌는 건데.

또 피를 본다.

???

깊이 파고들 필요는 없다.

헤헤

이거 혹시 살상용 무기인가…?

그냥 내가 즐거운 방법으로 하면

헤헤

빠르게 포기한다.

나랑은 맞지 않는군.

그게 취미다.

매일 아침
물에 빠지다

아침에 일어나서 이부자리만 정리해도
작은 성취감에 하루가 달라진다고 한다.
그렇다면 매일 아침 수영장에서 물살을 가르면
하루가 얼마나 달라질까.
꾸준히 해보고 느낀 건데
피곤하기만 합니다.

#1 천국 같던 니스

몇 년 전 프랑스 니스에 갔다.

니스가 그렇게 좋다던데…

그 모든 것보다 인상적이었던 건

오!

개성 넘치는 건물들,

남녀노소 할 것 없이

자갈 해변,

수영복 하나만 걸치고

푸른 하늘과 끝없이 펼쳐진 바다

물개처럼 수영하는 유럽인들이었다.

니스의 관광객과 현지인

몸을 가리는
화려한 옷

셀카

수영 못 함

수영복
혹은
누드

물개처럼 수영

니스 해변의 여유로운 분위기에 취해

여기가
천국이구나…

옆에서 물개처럼 수영하는

모든 일정을 취소하고

해변을
즐겨야겠다.

← 수영복도 삼

외국인들을 보면서

**3박 4일 동안
해변에서 책을 읽고**

결심했다.

수영
멋있다…!

물에 몸을 담그며 보냈다.

여기까지는
안전하군.

돌아가면
수영을
배우자.

125

한국으로 돌아온 뒤
매일 아침

물안경을 고쳐 쓰고

아직 정신을 차리지 못한

니스의 푸른 바다를
상상하며

몸의 감각들을

유선형으로 뻗어 나아간다.

수영장의 차가운
물로 깨운다.

오늘은
물이
좀 차네.

수영으로
시작하는 하루,
상쾌하군.

어릴 적부터 운동신경이 좋아서 축구, 농구, 야구 등 운동을 할 때면 가장 먼저 뛰어나갔다. 머리를 쓰는 것보다 몸을 쓰는 일에 자신이 있었다. 하지만 유독 수영만은 성공하지 못했다. 다섯 번 정도 수영장에 등록했는데, 수영 배우기는 번번이 실패했다.

물이 무서운 것도 아니고, 몸이 뜨지 않는 것도 아니다. '음파음파' 하면서 호흡을 하라는데, 수영을 하면서 도저히 숨을 쉴 수가 없었다. 분명 숨을 잔뜩 들이켰는데 공기가 몸속에서 증발이라도 한 건지 폐는 끊임없이 산소를 갈구했다. 호흡이 빨라졌고 살기 위해 허우적대다가 애꿎은 수영장 물로 배만 채웠다.

발전이 없으니 급격히 흥미를 잃었고 결국 수영을 때려치웠다.

#2 인간은 같은 실수를…

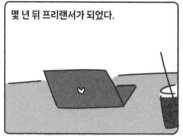

몇 년 뒤 프리랜서가 되었다.

프리랜서는 어디서든 일할 수 있으니까

프리랜서인데 프리하지 않군.

휴양지에서 수영하며 일하면 멋있겠다.

오히려 회사 다닐 때 여행을 더 많이 갔네.

예전 사진 보는 중

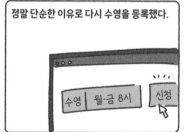

정말 단순한 이유로 다시 수영을 등록했다.

수영 | 월-금 8시 | 신청

니스… 니스?!

이번에는 진짜 성공한다!

도대체
왜 안 될까?

그놈의 음파음파…

초급반보다 아래인 기초반의

호흡이
문제인데…

숨은
도대체
어떻게
쉬는 거야…

어린이 레인에 다시 섰다.

수심
0.7m

· · ·

어린이 레인은
너무 창피하다.

여기는
빨리
벗어나야…

킥판 잡고
음파음파
하세요.

그때 문득 깨달았다.

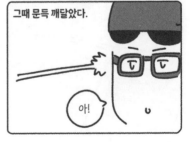

아!

#3 반복하지 않는다

걸으면서도 음파음파

코로 뱉고,
입으로
들이마시고

집 세면대에서도 음파음파

이런
느낌인가?

가장 기본인 음파음파에만 매달렸고

어느 날부턴가
물속에서 숨을 쉬고 있었다.

어라?
나 숨 쉬고 있네?

다시 3개월 후.

후-하

가장 기본인 호흡이 해결되자

어린이 레인을 벗어나

성인

어린이

진도를 따라간다.

배영은
편하군.

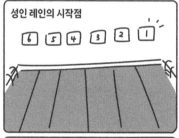

성인 레인의 시작점

6 5 4 3 2 1

예전에는
숨을 참느라 물속에서
몸부림쳤다면

아오 힘들어!

기초반의 에이스가
되어 있었다.

숨을 쉬니
금방 느네.

이제야 '수영'이라는 걸
하게 된 기분.

#4 힘 빼세요

수영을 배울 때

가장 많이 듣는 말은

추-욱

수영장

그때 문득 떠올랐다.

힘을
빼라니…

힘을 빼라는 이야기는

힘 빼시고~

힘 빼세요.

힘!

힘 빼.

힘을 줘도
안 나가는데…

그림을 그릴 때도

손에
힘을 빼고!

수영 끝나니까
힘 빠지네.

피아노를 배울 때도

손가락
힘 빼고~

136

어떤 운동이든

어깨 힘 빼세요.

항상

운전을 배울 때도

힘 빼고 편하게~

듣는 말이다.

힘 빼세요.

심지어 글을 쓰는 이 순간도

작가님, 원고에 힘을 조금 빼주세요.

죄다 힘을 빼라네.

무언가를 처음 시작할 때도

입문서

말이 쉽지~

뻗은 손은
힘을 빼고

...

힘 빼라는 이야기를 끊임없이 들으며

!

힘을 주고

오…
이번에는
왜 이렇게
가볍지…?

또 힘을 주다 보면

이게
힘을 뺀다는
건가?

진짜 힘을 빼니까

물을 잡을 때 힘을 뺐다가

오히려 더 잘 나가네.

밀어낼 때는 다시 힘을 준다.

물에 몸을 맡기고

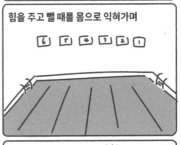

힘을 주고 뺄 때를 몸으로 익혀가며

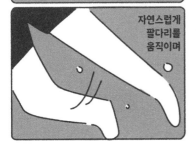

자연스럽게 팔다리를 움직이며

한 발 나아간다.

재밌군.

"힘 빼세요."

무언가 새롭게 시작할 때면 지겹도록 듣는 말이다. 영혼까지 빠져나갈 기세로 한숨을 푹 쉬며 온몸에 힘을 빼보지만, 금세 힘이 바짝 들어간다. 힘을 빼려고 발버둥 칠수록 힘은 더 들어간다. 도대체 힘은 어떻게 빼는 건지.

힘을 빼라는 선생님의 말이 무책임하고 얄밉게까지 들리는 순간이 오면, 조금씩 힘이 빠지는 게 느껴진다. 어쩌면 힘을 뺀다는 건 힘을 주고, 또 주고, 끝까지 줘본 사람만이 도달할 수 있는 경지가 아닌가 싶다.

힘을 끝까지 주고, 다시 힘을 끝까지 빼고. 자연스럽게 힘을 조절할 수 있는 순간이 오면 어느덧 초보자에서 벗어난다.

#5 더 빠르게

다음 반으로 올라가면서

근데 오리발 하나 낀다고

새로운 아이템이 생겼다.

나도 이걸 사게 되다니.

뭐가 크게 다르려나.

바로 오리발!

나도 이제 진정한 수영인이다!

모터를 단 것 같다.

선생님의 표정이 좋지 않다.

오리발만 있으면 대한해협도 건너겠는데.

회원님, 오리발을 쓰는 이유가 뭔지 아세요?

매주 2회 오리발을 신는 날이면

오리발 데이!

?

오늘은 즐기는 날이군.

쉽고 재밌게 수영을 한다.

재밌으라고 아닌가요…?

#6 혹은 더 바르게

오리발은 재밌으라고 신는 게 아니라

하체가 편해지니 하체에 신경을 덜 써도 됩니다.

자세를 교정하는 보조 기구 입니다.

이때 남은 에너지를 상체와 호흡에 집중하면서

이걸로 어떻게 자세 교정을…?

잘못된 자세를 교정하고

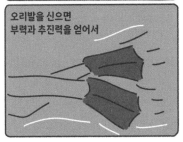

오리발을 신으면 부력과 추진력을 얻어서

미처 신경 쓰지 못했던

미세한 부분을 체크하는 거죠.

그런
깊은 뜻이…!

힘들어서
신경 쓰지 못했던

오른손 각도를
유지하고

이후 오리발을 신는 날이면

오리는
꽥꽥

미세한 움직임을
체크한다.

팔을 좀 더 벌려서

하체에 쓸 에너지를

그다음은 하체만을
신경 써본다.

물을
미는 느낌으로

상체에 집중한다.

잘 안 됐던
부분을
생각하자.

물론 재미도 배놓을 수 없는 요소다.

스피드 업!!!

오리발은
빨리 가기
위해서가 아니라

만화를 그릴 때면

자세를 바르게
하기 위해서
신는 거구나.

글과 그림에 모두 신경을 써야 한다.

하체를
편하게 해서

두 가지를 한 번에
하려고 하면

상체에
집중한다라.

진도는 나가지 않고
수정만 반복된다.

그럴 때면 오리발을 떠올린다.

그다음에는 그림에만 집중하면

그림 도구를 다 치워버리고

조금은 나아갈 수 있다.

오리발 효과인가…

글에만 집중한다.

수영에서도 그리고 인생에서도

이 부분이 조금 어색하군.

오리발이 필요한 순간이 있다.

#7 슬럼프

수영 강습을 꾸준히 받다 보면

스스로 만족한다.

나 어쩌면 수영에 재능이 있는지도?

점점 자신감이 붙고

기다려라 니스!!

아시아의 물개가 간다!

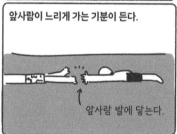

앞사람이 느리게 가는 기분이 든다.

앞사람 발에 닿는다.

이 자신감이 박살 나는 때는

회원님은 다음 달부터 옆 레인으로 가세요.

속도를 맞춰주면서

나도 처음엔 저랬지.

레인을 옮기는 순간이다.

어느덧 중급반…!

고작 한 칸 옆으로 왔을 뿐인데 [3] [2]

맨 뒤에 선다.

이러다 대회 나가겠는데?

다들 물개다.

뒤처지지 않기 위해

다… 닿을 것 같다.

죽을힘을 다해 팔을 저으면

숨이 끊어질 것 같다.

헥헥

대충 비키라는 고갯짓

무… 무서워.

148

배영, 평영, 접영

자연스럽게 슬럼프가 온다.

어려운 영법으로 갈수록

아무리 해도

실력 차이는 확연해진다.

수영이 늘지 않는 기분.

맨 뒤에서 발버둥 치다 보면

3

수영에 재능이 없는 건가.

이런 시기에는

오늘은 좀 되려나?

아침에 수영을 가기도 싫다.

재능이 없나 봐.

그래도 습관처럼 몸을 일으켜서

오늘은 되려나?

수영장으로 향한다.

나만 안 되네.

그저 묵묵히

날이 쌀쌀해졌네.

사람들과 속도를 맞추다 보면

수영장으로 향하다 보면

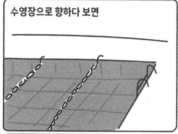

오늘은 좀 되네.

어느새 맨 앞에 있다.

숨이 가벼워진다.

조금은 성장한 건가.

역시 수영에
재능이 있었구만!

하하하

회원님,
다음 달부터
옆 레인으로 가세요.

다음 달

재능이
없나 봐.

슬럼프는 보통 정체기에 온다.

지금은 이해가 된다.

예전에는 몰랐는데

조금 배우니까 무슨 말인지 알겠네.

이럴 때는

왜 늘지를 않냐…

흐트러졌던 기초를 다잡으면

팔 동작을 유지하면서

다시 기초로 돌아가면 효과적이다.

수영 기초의 오든것!

역시 기본이 중요한가…

조금은 나아간다.

처음 배울 때 무심코 지나갔던 내용들이

발은 구부리지 마시고

수영이나 인생이나 비슷하네.

슬럼프를 극복하는 좀 더 확실한 방법은  또 슬럼프인가…	취미는 장비발이고  내일 입고 가야지~
정말 단순하지만 	장비를 사는 일도 취미의 일부라서  예쁜 수영복이 많네.
 헤헤	새로운 장비는 기분을 바꿔준다. 
 새로운 수영복 사기!	 실력보다 수영복이 더 빨리 느시네요. 하하하

#8 바다 수영

막바지 더위가 찾아온 9월

오랜만의
바다네.

늦은 휴가로 제주도에 갔다.

해수욕을 즐기는 사람들.

자유다,
자유!

물에
들어갈 생각은
없었는데

에메랄드빛 바다가 보인다.

바다 수영   해볼까…?

숙소에 대충 짐을 풀고

바다 근처에 잡기를 잘했군.

수영 배운 이후로 수영장 밖은 처음인데

수영이 되려나?

들뜬 마음으로 바다로 향한다.

바다!!

첨-벙

니스에서 배운 게 하나 있다면

바다!!!

별로 깊지는 않군.

'바다에서는 수영복만 입기'다.

호기롭게 몸을 던진다.

수영장보다 몸이 잘 뜬다.

오…

물 밖에서만 놀 때는 몰랐는데

받아라!!

팔을 뻗어 물을 잡아본다.

수영하며 물을 머금었더니

앞으로 나가며 숨을 내쉬는 순간

생각보다 몇천 배는 짜다.

그냥 소금 덩어리네.

으… 짜…

아오 짜!!!!

여기서 수영을 어떻게 하지…?

151

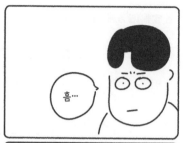

흠…

바다 위를 떠다닌다.

그래도 다시 들어간다.

헤헤
재밌다.

얼굴을 내밀고
개헤엄으로…

배영은
훨씬 쉽네.

평영을
배운 이유가
있었군.

히히히

158

자신감이
붙었다.

자유형도
다시
해볼까?

물 밖에서만 숨을 내쉰다.

비장의
무기!

고개 들고
자유형!!

바다 수영

되네…?

조심스레 머리를 넣어본다.

몇 번의 시행착오 끝에

물에서는
절대 입을
벌리지 않고

제주도 바다를 누빈다.

제주도 바다는

자유형, 평영, 배영, 접영.

깊지 않고 바닥이 평평해서

2박 3일을 바다에서 보냈다.

파도치는 수영장 같다.

바다 수영이 되다니

파도를 느끼며 수영을 한다.

와라!!!

신기하다…!

몇 년 전 니스 해변에서

수영하는
사람들을 보며

와!

그저 부러워했었는데

나도 수영하고
싶다…

바다 수영을 하고 있다니!

어느 날 갑자기 하게 된 수영이 아니라

까호!!

매일 아침 졸린 몸을 이끌고

수영장으로 향한 노력의 결실이라

오늘은 되려나…

벅찬 감동이 밀려온다.

기다려라 니스!

친구, 지인과 대화 중 매일 아침 수영을 한다고 말하면 두 가지 시선으로 나를 바라본다. '성실한 사람' 혹은 '한가한 사람'.

사실 성실하지도, 그렇다고 한가하지도 않은 몸이라 조금 난감하다. 그저 저녁에는 작업이나 약속이 많아서 아침에 수영장을 다닐 뿐이다.

아침 수영을 하는 법은 간단하다. 일단 치열한 경쟁을 뚫고 가까운 체육센터에 등록하면 어떻게든 가게 되어 있다. 처음에는 조금 피곤하지만 꾸준히 가다 보면 몸도 점점 익숙해진다. 물속에서 시작하는 아침은 꽤나 상쾌하다.

문제는 몸이 익숙해진 후다. 이제는 아침에 수영을 하지 않으면 하루의 시작이 꼬이는 기분이다. 몸이 뻐근하고 기분도 좋지 않다. 습관이라는 게 참 무섭다.

수영 이야기를 마치고 저녁에는 러닝을 한다고 말하면 두 가지 시선이 하나로 합쳐진다. '아… 한가하고 성실한 사람이구나.'

한가하고 성실한 사람이라. 그런 삶을 살고 싶기는 하다.

일상의 지루함을
날리는 방법

매너리즘: 항상 틀에 박힌 일정한 방식이나

태도를 취함으로써

신선미와 독창성을 잃는 일.

#1 작가의 공간

종로구 끝자락 북악산 아래 위치한

방문하는 이들마다

별거
없어.

평화로운 작업실.

칭찬하는 공간.

와…
여기서
작업하면
진짜 좋겠다.

유니크한 소품들과

일이 저절로
되겠네.

작업
잘 되겠다.

멋있네.

부럽다.

다양한 식물들.

아니야…

165

항상 같은 공간에서

슬럼프에 빠지기 쉽다.

왜 이렇게 일하기 싫지…

혼자 작업을 하는 특성상

...

그래 떠나자!

새로움은 없고

...

새로움을 찾아 떠난다.

반복되는 작업으로

...

주로 향하는 곳은 미술관이나

인테리어가
감각적인 카페

작업실을 두고
카페라니…

일본에서 시작된

d
D&DEPARTMENT

도서관 혹은 서점

무슨 책이
인기가 많나~

롱 디자인 라이프
스토어로

한국에는 →
서울과
제주도에
매장이 있다.

그리고 지금 이야기할

도착했군.

유행이나 시대에 좌우되지 않는

디앤디파트먼트!

본질에 집중한 제품들을 판매한다.

재활용품도
많네.

평범해 보이는 제품도

그냥 플라스틱 상자인데

그런데 한 가지 특이한 점은

흠

새로운 시각으로 보게 하고

딱히 새로운 물건이 들어온 것도 아닌데

공간 자체가 영감을 줘서

인테리어도 멋지군.

갈 때마다 물건의 배치가 완전히 달라져 있다는 점.

특별한 이유 없이도 시간이 날 때면 구경하러 간다.

배치가 또 바뀌었네?

왜 맨날 바꾸지…?

이에 대한 답은

엄청 큰일일 텐데.

옮기는 것도

고객뿐 아니라 직원들도

어서 오세요~

창업자인 나가오카 겐메이의 책에서 확인할 수 있었다.

D&DEPARTMENT

싫증을 느끼지 않게 하고

흠…

"매장의 실내 배치를 바꿈으로써"

상품의 새로운 매력을 발견하게 한다.

여기에 두니 느낌이 다르군.

손님들에게 새로움을 느끼게 한다.

멋있는 의자네.

오… 이런 이유가?!

D&DEPAM

#2 변화가 필요해

가게
특성상

비슷한 제품을
파는데도

처음 이곳에 들어올 때는

전설이
시작될
곳인가.

늘 새롭고
영감을 주는 이유가
있었군.

인테리어 소품도 직구로 어렵게 구하고

그때 나의 작업실이 떠올랐다.

새로움
이라…

작업실에 가는 시간이

열 평 남짓한 공간.

설렘으로
가득했는데…

진짜 작가가
된 것 같네.

어느 정도 자리를 잡은 뒤부터는

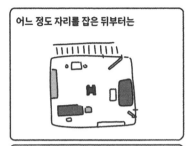

설렘은 익숙함으로 바뀌고

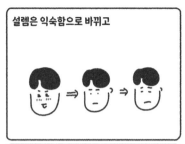

큰 변화 없이 사용하고 있다.

비슷한 일상의 반복 속에

또
작업실이군.

한쪽 구석에는
창고처럼 짐이 쌓이고

작업실은 지루한 공간이 되었다.

...

사용하는 공간만 계속 쓰게 된다.

책상
주위만
쓰네.

이렇게는
안 된다!

이때부터 시작된 취미가

고마워요 디앤디~

잊었던 책을 발견한다.

이런 책이 있었지?

작업실 배치 바꾸다.

전부 바꿔 버리겠어!

책상과 소파를 옮겨서

계절이 바뀌는 3개월마다

이제 가을인가?

이전과 다른 방향으로 배치한다.

창문을 바라보도록 바꿀까.

선반의 책들을 모두 꺼낸다.

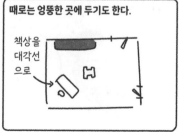

때로는 엉뚱한 곳에 두기도 한다.

책상을 대각선 으로

소품과 화분도 옮기고

시계도 다른 방향으로!

책상에 앉았을 때

이 방향은 또 처음이네.

청소하고 정리하면

그새 구석에 먼지가 쌓였네.

보는 시야가 달라지면

하루가 꼬박 지난다.

이것도 일이군.

새로운 공간에 온 기분이다.

완전 다른 느낌이네.

그래도 뿌듯하네.

왠지 작업도

더 잘 되는 것 같군.

버려졌던 공간을 활용하고

구석에 조명을
두니 찰떡이네.

다양한 소품의 새로운 쓸모를 발견한다.

유리컵을
화병으로
써볼까?

작은 새로움은
지루함을
다시 설렘으로 바꿔준다.

다시 계절이 바뀌고

벌써 겨울인가…

아무리 마음에 드는 배치여도

지금이 완벽한데…

배치가 익숙해질 때쯤

다 뒤엎는다.

다시 작업실을 뒤엎는다.

배치 바꾸기라는 작은 변화로 새로움을 얻고

이번에는 벽을 보도록.

지루함을 날리고 있습니다.

영화
좋아하세요?

"인생 영화가 뭐예요?"
어색한 분위기를 깨기에
이 질문만큼 효과적인 것도 없다.
저마다의 영화가 각기 다른 이유로 나열된다.
상대방의 인생이 영화로 슬쩍 보이는 듯하다.
참고로 나의 인생 영화는 〈라라랜드〉다.

#1 사실은

내 이름은 방구석.

영화 리뷰 계정도 따로 운영 중인

수십만 명이 보는 영화 리뷰 만화를 그리며

영화 마니아로 소문나 있지만

수많은 영화사들과

사실 영화를 즐겨 본 지 얼마 되지 않았다.

다양한 협업을 하고

잘 부탁 드립니다!

?! ??!!

대학생 때만 해도

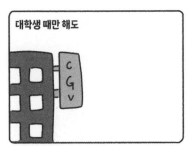

나에게 영화란

학교 근처에 영화관이 생겼네.

친구들과 시간을 때우거나

공강인데 뭐 할까?

영화나 볼까?

아니면 데이트 코스

주말에 뭐 하지?

영화나 볼까?

그것도 아니면 명절 때 찾아오는

추석 특선영화

올해는 무슨 영화를 하려나…?

그 정도가 전부였다.

#2 빛나는 눈빛

대학 졸업 후

사회에 나가면 재밌는 일이 가득하겠지?

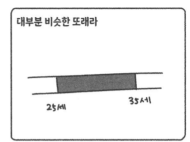

대부분 비슷한 또래라

25세   35세

콘텐츠 회사에 취직했다.

술도 자주 마시고

개성 넘치는 사람들이 많았다.

진취적인(?) 대화를 많이 나눴다.

좋은 콘텐츠란 뭘까?

멋지고 돌아이 같은 사람이 많네…

지식인 같고 멋있는데?

그런 자리마다 빠지지 않고 등장하는 주제가

그거 봤어요?

스토리와 주제

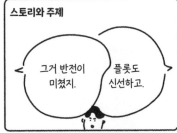

그거 반전이 미쳤지.

플롯도 신선하고.

영화였다.

이번에 개봉한 영화…

무슨 소리인지 잘 모르겠지만 재밌어 보이는군.

그 감독 이전 작품 좋았었는데.

영화를 주제로 몇 시간을 떠드는

좋아하는 감독이나 배우

이번에는 좀 아쉽긴 해요.

연기는 좋던데.

그들의 눈이 빛나고 있었다.

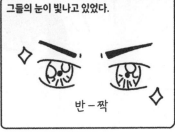

반一짝

#3 직장인의 취미

오늘은 무슨 영화를 볼까?

사실 본 영화가 거의 없어서

〈타이타닉〉도 안 봤음

너무나 유명한 명작부터

보물 같은 작품들이 쌓여 있었다.

고를 필요가 없네.

관객 평점이 높은 영화,

대중적이군.

'안 본 눈 산다'는 말을 이럴 때 쓰는 건가.

평론가가 만점을 줬다는 영화.

조금 난해하네.

그렇게 영화를 보기 시작했다.

MOVIE

매일 저녁 퇴근길

시원한 맥주를 마시면서

편의점에 들러서

보고 싶은 영화를 본다.

맥주 네 캔과

이게
행복이지.

가볍게 먹을 안주를 산다.

이때 10킬로그램 정도 쪘다.

너무
행복했나?

한 편 두 편

그쪽 영화로 감상을 넓혀간다.

재밌다, 재밌어!

로맨스

드라마

코미디

본 영화가 쌓여갈수록

마음에 드는 감독을 발견하면

데이비드 핀처

조금씩 취향이 생긴다.

-THE END-

이전 작품을 찾아서 본다.

초기 작품도 엄청나네.

나는 스토리가 탄탄한 드라마 장르를 좋아하는군.

영화는 감독 놀음이군.

• 영화를 본격적으로 보기 시작했을 때 좋아한 감독들 •

작품성과 대중성을 모두 갖춘
몇 안 되는 감독. 유명한 작품뿐 아니라
초기작도 하나같이 흥미롭다.
영화를 보기 시작했을 때
가장 믿고 봤던 감독.

크리스토퍼 놀런

비교적 젊은 감독이라
작품 수는 많지 않지만
〈라라랜드〉와 〈위플래쉬〉는
영화라는 취미에 빠지게 해준
결정적인 작품이다.
호불호가 갈리는
최근작들도 좋아한다.

데이미언 셔젤

파스텔톤의 색감과
강박적인 좌우 대칭으로
시각적 즐거움을 주는 감독…
으로만 알고 좋아하기 시작했는데
영화 속 메시지를 곱씹어 보면서
더 좋아하게 되었다.
스톱모션을 활용한
애니메이션도 일품이다.

웨스 앤더슨

#4 영화는 영화관에서

태어나서 처음으로

어두운 공간에서 홀로 스크린을 마주하니

혼자 영화관에 왔다.

오롯이 영화에 집중하게 된다.

당연히 아무도 신경 쓰지 않는다.

요즘도 영화는 주로 혼자 관람한다.

영화가 끝나고

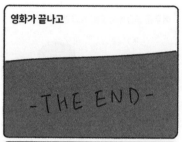

- THE END -

집에 돌아와서

집으로 돌아가는 길

평론가의 해석도 찾아본다.

개인적인
생각입니다만…

내용을 찬찬히 곱씹어 본다.

결말은 무슨
의미였을까?

와… 미쳤다…
그런 깊은 뜻이.

주인공은
왜 그렇게
행동했지?

나중에 한 번 더
보고 싶네.

#5 영화 좋아하세요?

영화를 본 다음 날

같은 영화를 봤는데도

동료들과 영화 이야기를 나눈다.

그 영화 봤어요?

인상적인 부분이나 느끼는 감정은

그걸 이제 봤어요?

사람마다 전혀 다르다.

음악이 정말 좋던데.

색감이 미쳤지.

역시 사람은 다양해.

영화 이야기로 시작하지만

배경이
프랑스잖아,
내가 파리
갔을 때…

두 시간 남짓한 스크린에서가 아니라

각자의 생각과 경험 등이 더해져서

영화가 끝난 후

이야기는 무한히
뻗어 나간다.

서로의 생각을 공유하고 대화를 나누며

영화의 진정한 매력은

스크린 밖에서 더 광활하게 펼쳐진다.

영화보다
더 재밌네.

'영화는 두 번 시작된다. 처음 한 번은 극장 안에서. 그다음 한 번은 영화 밖에서.' 이동진 평론가의 책 서문에 나오는 문장이다.

영화에 큰 관심이 없을 때는 팝콘을 사는 순간의 설렘부터 엔딩 크레딧이 올라가는 순간까지가 영화의 시작과 끝이었다. 즐겨 보던 영화도 주제가 명확하고 이견이 많지 않은 작품이 대부분이었다.

그런데 영화에 흥미를 가진 이후부터는 영화가 끝난 후 곱씹어 보는 과정을 더 좋아하게 되었다. 스토리를 찬찬히 음미하고 감독의 의도를 생각하며 나름대로 의미를 부여한다. 좋았던 부분과 아쉬웠던 부분, 난해한 부분 등 조각을 모으고 분류한다. 그 조각들을 다른 사람과 이야기하며 다시 정리한다.

어쩌면 영화라는 취미는 스크린에 엔딩 크레딧이 올라가는 순간부터 시작되는지도 모르겠다.

#6 영화를 더 깊게

회사를 다니는 몇 년 동안

유명한 영화들을 하나둘 섭렵하자

영화는

퇴근하고는
뭘 하기가
애매하네…

점점 볼 영화가 줄어간다.

확 땡기는
작품이 없네.

가장 가까운 취미가 되었다.

영화 한 편이
딱이군.

오늘은
뭘 볼까나?

내일 가서
이 영화
얘기해야지.

영화를 고르는 데 더 많은 시간을 쓴다.

영화를 좀 더 즐길 방법 없을까?

게다가 상영하는 곳이 독립영화관!

ART CINEMA | ART

그때 눈에 들어온 게 바로

오호

독립 영화관이라…

독립영화와 예술영화!

ART MOVIE

← 혹은 다양성 영화라고 부른다.

왠지 멋있어 보이는데.

오… 재밌겠는데.

바로 예매했다.

예매

서울에도 몇 없는 독립영화관.

ART CINEMA

여기가
맞나…?

관객은 여섯 명 정도.

소강당 같은 소박한 공간에

여기
맞나…?

숨소리마저 또렷이 전달되는 그곳에서

…

서른 석 남짓한 규모,

영화가 시작된다.

오…

객석과 밀착된 아담한 스크린,

가깝네.

진짜 영화광이
된 것 같네.

보통의 상업영화는

뭐지
이 잔잔함은…

기승전결과 주제가 명확한 데 비해

독립영화 혹은 예술영화는

잠들 뻔했다.

벌떡

독창적인(?) 방식으로 흘러간다.

엥???

굉장히 열린 결말로
끝난다.

이렇게
끝난다고??

독립영화관에서는

이번에는 새로운 곳으로…

오래된 고전 명작들,

영화관에서 보고 싶었던 작품인데

다시 상영 한다니!!

저예산으로 제작된 보석 같은 독립영화부터

신인 감독의 통통 튀는 작품들까지

유명 영화제에서 인정받았지만

작품상에 노미네이트 됐다고? 재밌어 보이네.

다양한 작품이 상영된다.

난해한 독립영화만 있는 줄 알았는데

대형 영화관에서는 보기 어려운 작품,

상영관이 거의 없다.

각양각색의 작품이 많네.

거대한 화면과 강렬한 사운드를
갖춘 대형 멀티플렉스도
매력적이지만

진짜 우주에
온 것 같네.

아담한 규모의 영화관과

오…

소규모 영화에도
관심을 가지면

포스터도
주네.

영화라는 취미가 훨씬 다채로워진다.

다음에는
뭐 볼까?

ART CINEMA

#7 더 넓게

카페에서 음악이 나온다.

지금껏 영화를 보면서

〈미드나잇 인 파리〉에 나온 노래네.

음악에 대해 따로 생각해 본 적이 없다.

음악이 얼마나 중요한데!

그런가...

이런 노래가 나왔었나?

나도 좋아하는 영화인데

안 되겠다. 다음에 나랑 갈 데가 있어.

며칠 후

평범한 크기의 스크린과

수상해 보이는 작은 빌딩.

스크린만 한 스피커들이 놓여 있다.

좁은 계단을 올라가면

여기 맞지…?

봐봐.

더 수상해 보이는 작은 방.

한스 짐머 청음회

처음 와보는 '청음실'이라는 곳에서

영화음악의 거장 한스 짐머의

주요 작품:
〈라이온 킹〉
〈다크 나이트〉

영화들을 본다.

다 본 영화들이네.

아니, 듣는다.

짙은 어둠 속에서 영상이 상영되는 동안

강렬한 사운드가 온몸을 압도한다.

201

청음회가 끝났다.

...

그동안 음악은 부수적인 부분으로만 생각하고

어때? 어때?

집중해서 들어본 적이 없는데

...

음악을 중심으로 들으니까

어… 엄청나다.

음악이 영화를 좌지우지한다.

같은 영화를 보더라도

누군가는 음악에 귀를 기울이고

누군가는 배우의 패션을

누군가는 인테리어를

누군가는 촬영 기법을 살핀다.

평소 신경 쓰지 않았던 부분이라도

음악이라…

조금만
관심을 가지고 보면

오!

영화를 새롭게 감상할 수 있다.

영화는 정말
종합예술
이구나!

재밌다.

얼마 전, 영상을 전공한 친구의 촬영을 도와주러 갔다.

친구는 내게 영화 〈팬텀 스레드〉의 자동차 주행 장면을 레퍼런스로 보여주었다. 스산한 분위기와 흔들리는 자동차가 인상적이라, 비슷한 느낌으로 촬영해 보고 싶다고 했다. 〈팬텀 스레드〉라… 좋아하는 영화라 여러 번 반복해 보긴 했지만 촬영 기법에 대해서는 생각해 본 적이 없는데.

패션에 관심이 많은 다른 친구는 영화 이야기를 할 때 배우들의 의상 이야기를 자주 한다. 산업혁명 시기의 영국 패션을 잘 고증했다나 뭐라나.

여자친구는 실내에 흐르는 음악을 들으며 영화의 한 장면을 떠올리고, 영화 속 공간을 보며 인테리어 이야기를 한다.

영화를 주제로 대화를 나누다 보면 종종 내가 전혀 신경 쓰지 않았던 부분을 유심히 보고 자신의 이야기를 풀어놓는 상대를 마주한다. 어찌 보면 당연한 일이지만 각자의 관심사에 따라 집중해서 보는 부분이 달라진다는 점이 재밌다. 그런 대화를 나눈 다음에는 그 상대가 말한 부분에 특히 집중해 영화를 감상해 본다. 분명 아는 영화인데, 완전히 다른 영화로 보인다.

취향이 풍부해질수록 영화는 더욱 깊고 넓어진다.

#8 영화를 기억하는 법

영화를 본 후

지금의 감정을 기록해 둬야겠다.

어느 정도 시간이 지나면

상상도 못 한 결말이군.

기왕이면 만화로 그릴까?

당시 느꼈던 감정이나 생각이

배우들 연기도 좋았고.

영화 리뷰 툰이라…

금세 희미해진다.

재밌겠는데? 역시 나는 천재야!

집으로 돌아와서

얼른 가서 그려야지.

남들에게 보여준다는 부담감에

리뷰 툰이래!

오…

리뷰를 만화로 그려본다.

음…

전문 용어를 쓰고

클리셰가 어쩌고…

그럴듯한 문장으로 포장할수록

플롯이 저쩌고…

쓰레기가 나온다.

이게 아니야!!

209

다른 사람들은 리뷰를 어떻게 하지?

안 해!

내가 무슨 리뷰냐.

이런 신선한 해석이…

…

오…
숨은 의미가 있었네.

포기하지 않고

…

영화를 잘 아는 사람이 너무 많다.

ㅇㅇ 리뷰

한줄평

××후기

다시 펜을 잡는다.

아무리 그럴듯하게 포장해 봐야

잘하겠다는 욕심을 버리고

재밌으면 재밌다고 쓰면 되지.

전문가들을 따라갈 수 없다.

...

있는 그대로를 쓰고 그린다.

여기에 개그를 넣어야지!

괜히 아는 척하지 말고

스스로가 즐거울 때

재밌네. 헤헤

감정을 솔직하게 쓰자.

이야, 재밌네.

재밌는 이야기가 나온다.

이후 영화를 보면

오…

조회수 1,074,301회
댓글 4,271개

바로바로 만화를 그렸다.

이 영화
미쳤음.

배…
백만 명?!

댓글이
수천 개나?

만화에 조금씩 댓글이 달리더니

댓글 32개

댓글 142개

이렇게까지
잘될 줄은
몰랐는데.

알람이
왜 이렇게
많이 오지?

역시 나는
천재인가?

210

영화 속 인상 깊었던 장면을

어느 날 지하철 옆자리에 앉은 분의

나만의 그림체로 그려본다.

휴대폰 배경화면이 내 그림이었다.

그림들을 온라인에 올렸더니

여기저기 퍼져 나간다.

회사 동료들과 이야기하려고

영화가 그렇게 재밌나?

안 해!

그때 리뷰를 계속 쓰지 않았다면

보기 시작한 영화가 취미가 되고

이런 일은 없었겠지.

수십만 명과 공유하는 이야기가 되어서

역시 글이든 그림이든

이제는 여러 영화사와 협업을 한다.

꾸준히 기록하는 게 중요하군.

8

● 이 책과 함께 보기 좋은 영화 3 ●

"나를 둘러싼 모든 것들은
변하지 않았다. 똑같은 표지판,
똑같은 나무, 똑같은 가방의 무게,
오직 변할 수 있는 건, 변해야 하는 건
나 자신밖에 없다는 생각이 들었다."

〈잉여들의 히치하이킹〉

"세상을 보고
무수한 장애물을 넘어
벽을 허물고 더 가까이 다가가
서로 알아가고 느끼는 것.
그것이 바로 LIFE(인생)의 목적이다."

〈월터의 상상은 현실이 된다〉

"실패가 뭔지 아니?
진짜 실패자는 지는 게 두려워서
도전조차 안 하는 사람이야."

〈미스 리틀 선샤인〉

213

재즈가 흐르는 삶

사람은 평균 33세 이후로
새로운 음악을 듣지 않는다고 한다.
새로운 것을 찾기보다
익숙함을 추구하기 때문이라는데
내 경우에는 이미 20대 초반에
플레이리스트가 굳어졌다.
음악을 즐긴다기보다는
그냥 귀가 심심해서 듣는 정도였달까.
재즈를 접하기 전까지는 말이다.

#1 적막이 흐르고

어느 늦은 밤

이런 분위기에는

역시 와인이지.

작업을 마치고 홀로 남은 작업실.

너무 조용하니까 음악을…

조명이 작업실을 은은하게 비추고

흠…

PLAYLIST

HIP HOP

RAP

POP

적막이 흐른다.

…

힙합은 좀 시끄럽고

발라드는 너무 감미로운데.

늘 마시던 와인의 풍미가 더 깊게 느껴지고

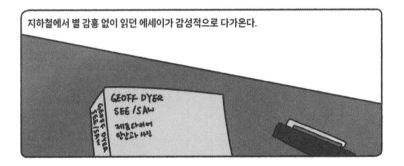

지하철에서 별 감흥 없이 읽던 에세이가 감성적으로 다가온다.

재즈를
틀었을 뿐인데…

이게
재즈 효과?!

이후 재즈에 빠져서

유명하다는 재즈곡은 닥치는 대로 들어본다.

재즈라고 하면

근데 이것도
재즈였어?

와인바에서
들릴 것 같은

잔잔하고 감미로운 곡만 생각했는데

정말 다양한 종류의 재즈가 있다.

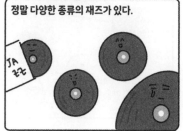

#2 재즈란 무엇인가

무작정 재즈를 듣기만 하다가

책을 한 권 빌렸다.

만화로 보는
재즈 입문서

**루이 암스트롱, 듀크 엘링턴,
디지 길레스피 등 수많은 재즈 아티스트와**

스윙, 비밥, 쿨재즈 등 전문 용어가 쏟아진다.

책과 음악을 비교해 가며

재즈를 조금씩 알아간다.

예전에는 재즈를 한 덩어리로 들었다면

JAZZ

재즈네.

재즈를 알아갈수록

재즈 영화도 많네.

유튜브로 공부 중

트럼펫, 색소폰, 피아노, 콘트라베이스 등

다양한 악기를 구분해 듣게 된다.

여기서 드럼이?!

연주자들이 서로 주고받으며 경쟁하다가

다시 하나로 어우러진다.

이게 바로 재즈구나!

#3 취향

221

예전에는 음악을 잘 모른다고 생각했는데

요즘은 재즈뿐 아니라

사실 관심이 없었을 뿐이다.

클래식, 록, 팝 등 여러 장르를 들어본다.

재즈에 흥미를 갖고 알아갈수록

더 많은 경험은 어떤 방향으로든

청각이 섬세해진다.

내 삶을 풍성하게 만들어줄 것이므로.

어릴 때부터 음치에 박치에 몸치라고 확신하며 살았다. 친구들과 노래방 가는 게 가장 힘든 일이었다. 마이크를 잡고 노래를 부르면 친구들이 처음에는 웃다가 나중에는 웃음기마저 사라졌다. 자연스럽게 음악과 멀어졌고, 음악 취향은 희미해졌다. 남들이 만들어놓은 플레이리스트만이 심심한 귀를 달래주었다.

그러던 어느 늦은 밤. 우연히 재생한 재즈가 순간 색다르게 들렸다. 쳇 베이커의 목소리였다. 작업실의 공기마저 몽글하게 만드는 울림에 반해 본격적으로 재즈를 듣기 시작했다.

재즈를 통해 조금씩 음악 취향을 쌓고, 나만의 플레이리스트를 만들어나간다. 작업할 때, 책을 읽을 때, 술을 마실 때, 모든 순간에 적절한 음악이 더해지면 확성기처럼 감정을 증폭시킨다. 어쩌면 음치에 박치가 아니라 그저 음악에 관심이 없었을 뿐일 수도 있겠다고 생각하며 여자친구와 노래방에 가서 자신감 있게 노래를 불렀다.

…음치에 박치는 맞는 것 같다.

#4 악기 하나쯤은

재즈를 듣다가

재즈와 위스키라 완벽하군.

수많은 악기 중에서

악기를 한번 배워볼까?

피아노를 선택한 이유는

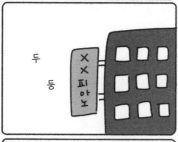

두

둥

XX피아노

단순히 빌 에번스가 멋있어 보여서!

재밌어 보여서 왔다.

헤

종로구 빌 에번스가 간다.

어린 시절 엄마 손에 이끌려

피아노를 배울 때는

거의 울면서 금방 포기했는데

내 발로 배우러 간 피아노는

악보를 보고

그에 맞는 음의 건반을 누르고

악기를 직접 연주해 보면

피아노 기초를 마스터(?)한 날

다른 건가요…?

??

선생님이 물었다.

이제
어떤 장르를
치고 싶으세요?

선생님 제발…
빌 에번스!!

재즈요.
빌 에번스 같은.

…

…

어…
저희는
클래식 피아노
학원인데요.

그럼
류이치 사카모토로
할게요.

음악과는 거리가 멀었다고 했지만, 사실 대학 4년 동안 기타 동아리에 몸담았던 경험이 있다. 대학생이라면 자고로 기타 치고 노래 부르며 술을 마셔야 한다는 로망이 있었고, 그중 술 마시는 역할을 하면 재밌겠다는 생각으로 들어간 동아리였다.

원하는 대로 술을 마음껏 마시며 선배, 동기들과 친해진 후 깨달은 사실은 그 동아리가 '클래식' 기타 동아리라는 것이었다. 클래식 기타는 통기타와 달리 반주와 노래라는 개념이 따로 없고 기타줄이 진동하며 만들어내는 음만 존재했다.

크게 재미는 없었지만 사람들이 좋아서 4년 동안 꾸역꾸역 기타를 쳤다. 수십 명 앞에서 몇 차례 연주회도 했지만 악기에 흥미를 붙이지는 못했다. 기타는 졸업과 동시에 중고 거래로 팔아 치웠다.

그랬던 내가 졸업하고 한참이 지난 지금 다시 악기를 배우고 있다. 빌 에번스 같은 재즈 연주자를 생각하고 왔는데, 이번에도 '클래식' 피아노라고 한다. 나는 결국 클래식을 연주할 운명인가. 하루 종일 기타를 쳤던 대학 시절과 달리 주 1회 강습이라 실력이 느는 것 같지는 않지만, 몇 개월간 갈고닦은 피아노 연주로 프러포즈 영상의 한 부분을 채워 넣었다.

결국 배우면 언젠가 한번은 써먹게 되어 있나 보다.

애주가의 변명

"술을 마시는 게 취미입니다."
이야기를 듣는 상대방이 미간을 찡그린다.
중독이 아니라 애주가라고 열심히 설명해 보지만,
상대방의 미간 주름은 깊어지기만 한다.
'정말 중독은 아닌데…'
앞에 놓인 술을 한잔 들이켜며 이야기를 이어간다.

#1 여행과 술

나의 첫 유럽 여행지 런던.

점심시간에
맥주라니

나는
관광객이니
마시지만…

모든 게 낯선 공간에서

영화에서 보던
건물들이네!

당시 런던에 살던 친구는

여긴
맥주 종류가
진짜 많아.

가장 낯설었던 장면은

아니…
저건?!

신선한 맥주가 있는 다양한 펍으로
나를 인도했고

평일 낮 펍에서 술을 마시는
직장인들이었다.

그동안 몰랐던 맥주의 맛을 깨달았다.

이게
맥주다!!

다음 해는 파리로 떠났다.

와인은
뭐 먹을 거임?

← 당연하다는 듯
물어본다.

런던에 펍이 있다면, 파리에는 카페가 있다.

테라스
멋있네.

C A F E

어… 음…
추천 좀.

대부분의 카페 테이블에 와인이 놓여 있다.

파리에서는 음식에 풍미를 더해주는

대낮에
와인을?!!

와인 세계에 발을 들였다.

와인은 분위기
잡으려고
마시는
술인 줄
알았는데.

232

다음 해에 찾은
바르셀로나에서는

에든버러에서는 스카치위스키를.

코가
뻥 뚫리네.

지중해의 햇살 아래서 자란
싱싱한 과일로 만든 샹그리아를.

일본에서는 사케를.

양조장 체험까지 했던 포르투에서는

여러 나라에서
이런 환상적인
경험을 하고

디저트 와인이라는 포트와인을.

술이
이렇게
달아?!

어떻게 술이
취미가 되지
않을 수 있나요.

"술이나 마시러 가자."

인생에서 가장 많은 술을 마셨던 대학 시절. 기분이 좋아서, 기분이 안 좋아서, 날이 좋아서, 새 학기가 시작해서, 시험이 끝나서, 심심해서 등등 이런저런 핑계로 술자리를 만들었다. 술은 술자리를 위한 구실일 뿐이었고, 원샷을 하네 안 하네 지독히도 퍼부으며 그저 취하기 위한 수단으로만 취급했다. 술에 대한 좋은 기억이 남아 있을 리 없다.

그러다 몇 차례 유럽 여행을 하면서 술에 대한 인식이 완전히 바뀌었다. 맥주 한 잔을 시켜놓고 몇 시간을 떠드는가 하면, 대낮부터 음식에 와인을 곁들인다. 테라스에서 위스키를 마시며 책을 본다. 처음에는 낯선 술 문화에 당황했지만 이내 동화되었다.

분위기에 맞는 주종을 고르고 향과 맛을 느껴본다. 음식에 풍미가 더해지고, 감정은 더욱 풍부해진다. 여행지에서의 추억이 더해져 결국 술이 하나의 취미가 되었다.

#2 본격 술 탐방

술의 세계는

와…
마티니다.

와인 클래스도 들어본다.

여러 품종을
가져왔습니다.

생각보다 몇만 배는 더 심오하다.

뭐 이리
종류가
많아?

포도 생산지나 생산 연도 등을 공부하다가

호주 시라즈
품종이군.

그래,
와인부터
천천히
알아가면
되지.

잠깐!
와인을 왜

수능
공부하듯
달달 외우고
있지?

와인 책과 유튜브를 보고

오호

그래,
술은 실전이다!

대략적인 포도 품종만 기억하고

음식에 곁들여 마셔보고

화이트 와인도 매력적이군.

와인을 골라본다.

요즘은 신대륙 와인이 뜨고 있으니.

다른 사람과 즐겨보면서

실패한다.

너무 쓰고 떫다…

조금씩 와인을 알아간다.

또 실패한다.

너는 기억해 뒀다가 다시는 안 먹는다.

헤헤 맛있다.

위스키에 빠졌을 때는

조용한 바에 간다.

궁금했던 위스키를 한 잔 시킨다.

향으로
한번
즐기고…

오…
생각보다
부드럽네.

버번도
한 잔
마셔볼까.

밖에서 먹는 술은 비싸다.

지갑
거덜 나겠네!

마음에 드는 위스키를 마트에서 사 온다.

하나둘 술을 사 모으다 보니

세킷   세킷

작업실에
홈 바가 차려졌다.

음~
칵테일은
역시

진짜
애주가 같네.

전문가가
해주는 게
맛있군.

분위기를 더하려 칵테일 도구도 산다.

취미로써 술이 깊어간다.

238

#3 술의 효능

정성스럽게 요리를 한다.

예전에 내가 알던 술의 맛은 쓰거나

인생이 쓴 거야!

무슨 술을 마실까나~

아니면 시원하다가 전부였는데

캬! 시원하다!

술의 중요한 기능은

역시 한식에는 전통주지.

다양한 맛을 느끼면서

향이 풍부하군.

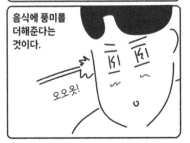

음식에 풍미를 더해준다는 것이다.

오오옷!

식사 시간이 더 즐거워진다.

고된 하루를 마무리하고 마시는
시원한 맥주.

곱창에 소주, 파전에는 막걸리.

음식의 풍미를 살려주는 와인.

적당하고 적절한 술은

오늘은
무슨 술을
마셔볼까나~

감정을 풍부하게 해주는 위스키.

삶을 더욱
즐겁게 한다.

헤헤

분위기를 잡아주는 칵테일.

이상
애주가의
변명이었습니다.

#4 방구석 하이볼 레시피

제가 평소 즐겨 마시는 정말 간단한 하이볼 레시피를 알려드리겠습니다.

1. 유리잔에 얼음을 가득 채운다.

2. 취향에 맞는 위스키를 30ml 따른다.

하이볼 만들기 가장 무난한 위스키

〈산토리 가쿠빈〉

가성비 GOOD

〈에반 윌리엄스〉

부드럽고 고급스러운 맛

〈몽키 숄더〉

3. 탄산수나 토닉워터를 120ml 따른다.

깔끔하게 먹고 싶을 때

〈탄산수〉

달달하게 먹고 싶을 때

〈토닉워터〉

맛있게 먹고 싶을 때

〈진저에일〉

4. 레몬이나 라임을 한 조각 잘라 넣어준다.

레몬즙도 가능

그리고 잘 저어주기만 하면 하이볼 완성!

언제나
시작은 우연히

"이렇게 될 줄 몰랐다."
자신만의 길을 개척해 가는 친구들이
공통적으로 하는 이야기다.
운이 좋아서, 우연히,
그냥 하다 보니 여기까지 왔다고들 한다.
생각해 보니 나도 진짜 이렇게 될 줄은 몰랐다.

#1 정처 없이 걷다가

여느 때와 다름없이

이건?!

목적지 없이 돌아다니는 중

재밌는 거 없나~

열 평 남짓한
아담한 크기의

저기는
뭐 하는
곳이지?

요즘은 보기 힘든
작은 서점이다.

낯선 가게에
들어가 본다.

요즘에도
이런 서점이
있네.

대형 서점에서 본 적 없는

이런 책이
있었나?

뭐지,
이 날것의
책은?

독특한 제목의 책들이 놓여 있다.

이것도
신기해
보이네…

읽어본다.

표지도
특이한데…

책을 대충
만든 것
같은데…

근데 재밌네.

당시에는 용어도 생소했던

오…

대형 서점에서는 볼 수 없는

독립출판물.

독립…
출…판…?

개인적이고 통통 튀는 주제와

남의 일기장
훔쳐보는
기분이네.

출판사를 거쳐 나온 책이 아닌

△△출판사

○○출판

번뜩이는 아이디어를
담고 있다.

손으로
쓴 건가?

개인이 직접 만든 책이다.

혼자서
만들겠어!!

책 모양마저 제각각이다.

직접
제본한 것
같은데?

245

유명 작가나 출판사가 아닌

게다가 어린 시절의 향수를 불러일으키는

문제집 계산해 주세요.

열정을 가진 개인이 만든

오

책 내음이 빼곡한 소박한 공간.

요즘 작은 서점 보기 힘든데.

정제되지 않은 창작물이

독립서점과 독립출판 이라…

때로는 더 큰 영감을 준다.

재밌는 걸 또 하나 발견했군!

이후 독립서점 찾아다니기가

서점마다 분위기도 다르고

하나의 취미가 되었다.

다루는 책도 조금씩 다르다.

여기는 그림책이 많네.

서울에 있는 독립서점을

마음에 드는 책들을 구매했다가

어쩌다 보니 한가득 샀네.

하나씩 찾아간다.

이번 주는 연희동에 가볼까?

주변에 선물하기도 한다.

그냥 생각나서 샀어.

우와, 신기한 책이네.

여행을 가서도

커다란 창에
바다를 담은

독립서점을 찾아 나선다.

여행지에서
서점이라,
멋있군.

부산의 작은 서점부터

한 폭의
그림이네.

독립서점은 대부분 구석진 곳에 있어서

남들이
잘 가지
않는
길이군.

오래된 주택을 개조한 지역 서점들까지

책 방

찾아가는 과정도 하나의 재미다.

모험을
떠나자!

오히려
좋아.

지역 특유의 분위기가
듬뿍 묻어 있다.

책도
여기 분위기랑
잘 어울리네.

248

해외여행에서도 작은 서점을 찾아간다.

걷다가 우연히 발견하기도.

이런 곳에서

도쿄 시부야 골목을 떠돌다 발견한 서점.

마음에 드는 책을 발견하면

귀여운 일러스트 책이 가득하다.

오랫동안 간직할 수 있는

그림 너무 내 스타일인데.

일본어를 못 읽어도 볼 수 있겠네.

여행의 추억이 된다.

#2 새로운 도전

지하철로 한 시간 반 거리의

열정적인 강의가 이어진다.

독립출판의 기본 과정은 말이죠…

부천에 위치한 독립서점.

여긴가?

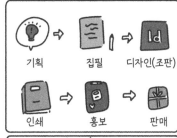

기획 → 집필 → 디자인(조판)

인쇄 → 홍보 → 판매

자신의 이야기를

독립출판

마지막으로 독립출판에서 가장 중요한 건

책으로 만들고 싶은 이들이 모였다.

결국 아이디어 입니다.

개성 있는 이야기!

251

집으로 돌아가는 길.

막연히 책 내용만 생각했는데

하지만 독립서점에

BOOKSHOP

편집, 인쇄까지

독립출판!
1. 기획
2. 원고

내 책이 놓일 모습을 상상하니

방구석

생각보다 할 일이 많네.

두려움보다 설렘이 더 크다.

재밌겠다!

할 수 있으려나…

다시 한 시간 반을 달려 돌아간다.

예전부터 막연하게 여행을 다니면서

무슨 책을
만들지?

돈 버는 인생을 꿈꿨는데

흠…

여행기를
책으로
만들어 팔면

너무
고민만
하지 말고

하고
싶은 거
해야겠다.

꿈을
이루는
거잖아?

마침 프랑스 여행이
계획되어 있었다.

파리 구석구석을
누비며

17박 18일 동안의 여행.

파리는
처음이네.

펜의 느린 호흡을 따라

이 여행에서는 카메라를 내려놓고

보고 느낀 나만의 파리를

고흐가 밀밭 그림을
← 그린 곳에 앉아

펜과 노트만을 든 채

그림과 글로 노트에 담았다.

그 기록들을 모아

완성이다!!!

원고를 쓰고

라고 생각했지만 이제 시작이다.

수정하고

표지와 내지의 종이를 고르고

편집과 디자인을 거친다.

제본과 인쇄 방식도 선택한다.

난생처음 인쇄소에 가서

오…

새로운 경험은 언제나 설렌다.

인쇄소 가는 거 재밌네.

신기한 동네야.

완성한 원고를 뽑아보고

내가 생각한 느낌이 아닌데…

드디어 첫 독립출판물이 완성되었다.

구석구석 PARIS

다시 뽑아본다.

이것도 아니야!!!

책이라니.

고난의 연속이지만

글자 크기도 줄이고

종이도 바꾸고.

내가 책을 만들다니!!

1쇄를 찍었다.

너무 많이 만들었나?

온라인으로 먼저 팔았는데

이게 무슨 책이냐고

욕먹는 거 아니야…?

다 팔렸다.

2쇄를 찍었다.

중쇄를 찍게 되다니…

다 팔렸다.

SOLD OUT

이후 3쇄, 4쇄도 찍었다.

포장도 직접 한다.

여행하며 돈을 벌겠다는 막연한 꿈을

여행도 하고 돈도 벌고!

어쩌다 이뤄버렸다.

그것도 여행기로…!

257

좋아하는 독립서점 몇 곳에

입고 신청도
직접 해야
하는군.

수많은 리뷰도 차근차근 읽는다.

두근   두근

책을 입고시켰다.

직접 들고
← 찾아간다.

★★★★★

이 책 읽고
파리 비행기표 끊었습니다.
갈 때 책도 챙겨 갈게요!!

서점 한편에 놓인 내 책.

구석구석

★★★★★

저도 여행 다니면서 풍경을
그림으로 그리고 싶다는
로망이 생겼습니다:)

진짜
해냈네.

수백 개의 후기들.

감동이다…!

3년간 다니던 회사를 나와 프리랜서 생활을 시작했다. 미래에 대한 막연한 불안감이 가득하던 시기에 미뤄왔던 원고를 정리해 첫 독립출판물을 완성했다. 집필과 원고 정리, 편집, 디자인, 인쇄, 홍보, 포장, 발송 등 쉴 새 없는 과정이 고민과 걱정을 할 시간조차 빼앗았다.

책은 생각보다 훨씬 더 많이 팔렸다. 그리고 이 결과는 프리랜서의 불안을 희망으로 바꿔주었다. 어릴 적부터 여행을 하면서 돈도 벌고 싶다는 막연한 꿈을 가지고 있었는데 생각지도 못하게 독립출판물로 꿈을 이루게 되었다. 그 책은 다시 누군가에게 영감이 되어 다른 창작물로 이어진다.

이후에도 한 권의 독립출판물을 더 만들었고 다양한 독립출판 행사에도 참여했다. 지금은 출판사에서 출간되는 정식(?) 출판물에 들어갈 글을 쓰고 있다. 이 모든 일의 시작이 그저 재밌어 보여서 들으러 간 독립출판 워크숍이라는 사실이 재밌다. 작은 호기심이라는 스노볼이 구르고 굴러 생각지도 못한 방향으로 흘렀고, 예상치 못한 결과를 가져다주었다. 다음에는 또 어떤 재밌는 일이 생길까 기대하며 새로운 취미로 작은 스노볼을 굴려본다.

독립서점 추천(국내)

스토리지북앤필름(서울시 용산구)

해방촌의 가파른 경사로에 위치한
서울에서 가장 애정하는 서점.

독립서점 추천(해외)

Shibuya Publishing &
Booksellers(도쿄, 시부야)

복잡한 시부야를 벗어난
골목길에 있는 귀여운
일러스트 책이 가득한 서점.

독립출판물 추천

《도쿄규림일기》_김규림   《퇴사는 여행》_정혜윤   《WE ARE ANIMALS》_
Misaki Taguchi

가장 오래
지속해 온

그림은 내 인생의 가장 큰 취미이자
친구이자 동반자이면서
동시에 평생의 콤플렉스였다.
앞으로 또 어떤 의미가 될지 모르지만
여전히 그림을 그리고 있다.

#1 오래된 친구

희미한 이미지만 기억나는 어린 시절부터

우와!
너 그림
잘 그린다.

흰 종이에 무언가 그리기를 좋아했다.

슥-삭

어린이에게 칭찬은

오…

와!

초등학교 입학 후

유치원 때가
좋았지…

최고의 원동력이다.

헤헤

휙

슥삭

슥삭

사실은
내가 피카소?

중학교 입학 후

초등학생 때가 좋았다…

하지만 당시에는 그림을 그리겠다고 하면

본격적으로 학원을 다닌다.

XX 영어

수학

좋은 소리를 듣지 못했다.

그림 그려서 뭐 하게?

그림으로는 돈 못 번다.

덕후다!

그림 그리는 게 재밌는데

남들과 다른 길을 가는 두려움.

미술학원을 보내달라고 할까?

재능에 대한 확신도 없었다.

근데 진짜 그림 잘 그리는 거 맞나…?

엄마, 나
미술학원 다닐까?

그림은 나중에
취미로 그리는 게
어떠니?

미술…?

취미…

너는 성적도
좋으니까

그림은
취미라…

우선
공부를 하고

오히려 마음이
편해졌다.

그래 뭐,
취미로 하면 되지!

#2 취미로 그림 하는 법

그림을 취미로 하는 법은 간단하다.

만화책을 보다가

흰 종이, 교과서 모퉁이 등 빈 공간만 있으면

좋아하는 작가의 그림을 따라 그리고

연필과 펜으로 채워 넣는다.

방학이 되면 해부학 책을 빌려서

이거 재밌겠는데?

누가 수업 시간에 딴짓하래!!

죄송…

뼈와 근육, 인체를 그리고 논다.

고등학교 입학 후

중학생 때가
진짜 꿀이었다…

그 당시 그림은

모퉁이에
이어서
그리면

미술과는 더 멀어졌지만

휘리릭

ㅋㅋㅋ
재밌네.

여전히 취미로 그림을 그렸다.

**힘들었던 수험생 시절을
견디게 해준**

대학만 가면
내 세상이다!

아오,
공부하기
싫다.

소소한 행복이자 친구였다.

그림에 대한 억눌렸던 욕구는

대학 가서 그림 취미로 하랬는데.

화방에 들러 이것저것 사고

오… 캔버스에 그려볼까?

아크릴 써볼까?

자유가 주어지자 폭발했다.

그러면 즐겨야지~

동아리 방에 벽화를 그리고

키스 해링 스타일로…

시간이 날 때면 미술관으로 향한다.

SNS에 그림을 그려서 올리고

보는 사람은 많지 않은 개인 계정이지만…

수많은 전시를 관람하고

한량처럼 지냈다.

그림이 재미있구나.

미술관 관람 중

재밌어 보이면 일단 해본다.

유일한 공대생

눈에 들어온 한 사람.

간단히 작품 설명을 해주고

이 작품은…

STAFF

사람이 없을 땐 그림도 그린다.

미술관에서
그리는
그림이라…

미술관에서
아르바이트하면
재밌겠다!

어머니,
그림을 취미로
열심히 즐기고
있습니다…!

#3 오래가는 비결

그림을 그리다 보면

아이패드에
그린다.

이것저것 추가하다 보면

잘 그리고 싶은 욕심이 생긴다.

흐음…

오히려 길을 잃는다.

여기에
명암도
넣고.

?!!

질감도
표현하고.

다양한
색도 넣고.

힘이
들어간다는
건가.

너무 많은 걸
담으려고
하지 말고

대충 그리자.

모든 취미에서 배웠듯이

힘 빼세요!

힘!!

힘 빼.

힘 빼고~

그림도 힘을 빼고 또 뺀다.

일이지만 반쯤 취미인 상태로

즐기자!

그림을 그린다.

오히려
반응이
좋다.

그래,
이게
내 그림이지.

때로는
대충
하는 게

오래가는
비결입니다!

#4 진짠데

나의 이야기를
세상에

학창 시절에는 인생의 최종 목적지가
대학인 줄 알았다.
높은 수능 점수를 받고 원하는 대학에 가면
더는 고민할 일도 없고 행복만이 가득한
유토피아가 펼쳐질 것 같았는데…

#I 캠퍼스 라이프(희망편)

대학에 왔다.

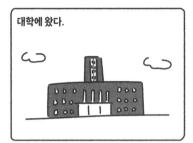

화려한 캠퍼스 라이프를 꿈꿨지만

하하하

학교도 전공도

내가 전자공학과에 온 이유는…!

손에 쥐어진 건

적성이 아닌 성적에 맞춰 왔다.

이 점수면 이 정도 학교에

전자과가 취업이 잘 되겠지?

여태 본 적 없는 두께의

후후 여기가 내 꿈이 펼쳐질 캠퍼스인가.

전공 서적들.

211

무슨 소리인지 모를 수업,

수능은 장난이었네.

실험,

끊임없는 납땜.

납중독 걸리겠네…

취업한 선배들이 학교에 찾아오면

동아리 선배

치킨도 시켰다!

헤헤

그래도 직장인은 멋진 삶을 살겠지?

회사 욕밖에 하지 않는다.

회사 때려치우고 싶다!

??!!

회사 가도 똑같아?!

꿈꾸던 캠퍼스 라이프는 없었고

자유다, 자유~

대학에 오면 하고 싶은 거 다 하는 줄 알았는데!!!

대학은 끝이 아니라

대학만 가면…!

잠깐

시작이었다.

?

하고 싶은 거…?

대학만 가면 된다며!!

다 하면 되잖아?

성인인데.

TV 혹은 책 속 유명인들은 말한다.

재밌어 보이는 것들을 다 해보면

오…

이건 뭐지?

한 번뿐인 인생,
하고 싶은 일을 하세요!

정해진 길에서 좀 벗어나더라도

다음은
취업인가…

하고 싶은 일…

나만의 길을 찾지 않을까?

뭐든
되겠지.

아직 뭘 하고
싶은지는
모르겠지만

다들
말하는 이유가
있겠지, 뭐.

사진이 찍고 싶으면

사진 재밌겠는데.

포토샵을 배워본다.

사진은 보정발이네.

중고 DSLR을 산다.

영상도 찍으면 재밌겠는데.

서울 구석구석을 돌아다니며 사진을 찍고

프리미어 프로그램으로 영상 편집을 배운다.

보정은 어떻게 해야 하지?

ㅋㅋㅋ 재밌네.

배낭 하나 덜렁 메고

페이스북에 감성적인(?) 글을 쓰고

이것도 다 기록이지.

친구와 전국 여행을 떠나고

오늘은 어디서 잘까?

찜질방에서 자자.

이것저것 운동도 하고

동아리에서 기타를 치고

내가 생각한 기타는 아니지만…

클래식 기타는 연주 자세가 특이하다.

재미없으면 빠르게 접으면서

아님 말고.

술자리에서 사람들을 웃기고

ㅋㅋㅋ ㅋㅋㅋ

재밌어 보이면 다 하며 지냈다.

또 재밌는 일 없으려나.

"김막장"

전공 공부는 뒷전에다 매번 딴짓만 하는 나를 두고 친구들은 김막장이라고 불렀다.

'막장이라…'

좋아하는 웹툰 작가 '이말년' 느낌도 나고 입에 착 달라붙는 별명이라 생각해서 자칭 타칭 김막장으로 살았다.

적성에 맞지 않는 전공에 대한 반발심으로 멀리, 더 멀리 튀어 나간 막장의 끝은 어떻게 될까 궁금했다.

#2 캠퍼스 라이프(절망편)

(#2)

285

#3 콘텐츠를 만들다

콘텐츠라는 단어도 생소하던 시절.

한량처럼 돌아다니며 찍은 사진.

페이스북에 쓰던 오글거리는 글.

술 마시며 웃기려고 치던 드립.

할 줄 아는 거라곤 어설픈 실력의 그림.

하나같이 어중간한 취미들.

따로 놓고 보면 어중간한 재능들이지만

재미로 했던 취미들을 하나씩 합치니

그림
조금

포토샵
조금

예전
경험들도!

휙

나만의 이야기가 만들어졌다.

꺄호!

완성했다!

얼마 뒤 피키캐스트 공개 채용 때

콘텐츠
에디터?!

그림을 중심으로 한 콘텐츠로

당시 만든
캐릭터가
방구석!

입사 지원했다.

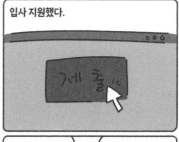

경쟁률이
엄청나다는데

합격은
어렵겠지…

그래도
재밌었으니까.

그림이랑
취미들을
이렇게도 써먹네.

떨어지면
이제 뭐 하나~

그리고 합격했다.

289

#4 직장인 라이프(희망편)

직장인이 되었다.

내가 회사원 이라니…

회사에서 맡은 일은

그런데 나를 왜 뽑은 거지?

'콘텐츠 마케터'.

헤헤 명함이다.

그림으로 만든 콘텐츠가 인상적이었습니다.

공대 전자과 출신의

그림 그리는 콘텐츠 마케터라.

그림으로 돈을 벌게 될 줄이야!

신선하고 멋있군.

당시 만든 콘텐츠는

태블릿도 생겼네.

생각보다 훨씬 반응이 좋았다.

조회수 721,403

지금 같은 만화는 아니고

수십만 명이 내 콘텐츠를 보다니…

그림을 곁들인 카드뉴스였다.

대박소식 요즘 핫한 뉴스

…

턱

당시에는 생소한 형식이었는데

이런 걸 좋아하려나?

더 열심히 해야겠군…

종아하던 취미가 일이 되면

시간 가는 줄 모른다.

벌써 퇴근
시간?!

월급이 들어왔다.

XX 은행
X월급여 ~~ 원

밤 늦게까지 그림을 그리고

조금 더
하다 가야지.

하고 싶은 일을
하면서 돈을
벌게 되다니

웃으며 퇴근한다.

끝!!!

세상일은
알 수가 없군.

#5 직장인 라이프(절망편)

하지만 3년이라는 시간을 보내며

아…
회사…

재미로 만드는 게 아니라

이게
재밌겠군.

회사에서 원하는 콘텐츠를 위해

조회수 잘
나올 내용으로
만드세요.

콘텐츠를 찍어내는 기계가 된 기분.

쾅!

쾅!

반복적인 작업을 하다 보니

…

역시
좋아하는 일이라도
직업이 되면

점점 매너리즘에 빠진다.

…

결국
흥미를 잃는 걸까.

그러던 시기에 발견한 것이 재밌는 거 없나… 	그래, 그림을 그리자! 
바로 인스타그램. Instagram 	얼마 만의 취미로 그리는 그림이냐. 
요즘 인스타 많이 하던데. 	대학생 때처럼 그림을 올려봐야지. 
… 	재밌겠다! 

#6 나만의 이야기

소소한 일상을

역시
사람 사는 거
다 똑같네.

간단한 그림으로 그려서

그림만
올리지 말고

이야기도
더 해볼까.

인스타에 올렸는데

가볍게
슥슥

점점 만화가 되었다.

점점 많은 공감과 관심을 받는다.

만화는
처음 그림

만화도
재밌네.

퇴근하면 집 근처 카페로 달려가

카페가 문을 닫을 때까지 만화를 그린다.

'인스타툰'이라는 단어도 없던 시절

인스타에
올려야지.

뭐가 될지는 몰랐지만

순수하게 재미로 그린다.

재밌다!

그림
그리는 것도
재밌지만

내 이야기를
하는 것도 재밌네.

하고 싶은
이야기를 하면서

먹고살 수
있을까?

그래,
하고 싶은 걸
해야겠다.

또 다른 재미를 찾아서

대학생
때처럼

재밌는 거
없나?

고정적으로 들어오던 월급이 사라지고

회사를 떠났다.

이쪽으로
가볼까?

한 치 앞도 내다볼 수 없는

...

여전히 나의 무기는

이러다
망하는 거
아니야…?

불안정한 프리랜서가 되겠지만

회사를
그만둔다고?

작가를
한다고?

그러다
망한다.

소소한 그림과 이야기.

어떻게든
되겠지.

#7 망하지 않았다

프리랜서 작가가 된 지도

슥삭

나의 이야기를 만화로

어느덧 5년 차.

완성!!

수십, 수백만에게 전한다.

goooseok
1,311 게시물 14.8만 팔로워

마냥 재밌는 일만 가득하지는 않고

오…
여기저기 퍼졌네.

창작은 언제나 고롱스럽지만

이렇게나 많이
봐주다니.

298

만화에만 안주하지 않고

뭐가 재밌을까~

애니메이션도 제작하고

어렵지만 뿌듯하네.

새로운 걸 끊임없이 찾는다.

오, 이거 재밌겠다.

어쩌다 강연도 한다.

인스타툰 작가는 말이죠…

책을 만들기도 하고

그렇게 작가로 살고 있다.

그림으로 굿즈를 만들어볼까?

망하지 않았네?

그저 재밌게 살겠다고 시작한 당찬 여정.

하고 싶은 거 다 하면서

재밌게 살아야지!

그 끝에 무엇이 기다리고 있을지 아직도 모르지만

쉽지만은 않구나.

오늘도 새로운 재미를 찾아서

한 걸음 나아간다.

세상에는 재밌는 일이 많으니까.